北峡诗词选

刘彪 著

安徽师范大学出版社

图书在版编目(CIP)数据

北峡诗词选 / 刘彪著. — 芜湖 : 安徽师范大学出版社，2017.3

ISBN 978-7-5676-2697-3

Ⅰ.①北… Ⅱ.①刘… Ⅲ.①诗词 – 作品集 – 中国 – 当代 Ⅳ.①I227

中国版本图书馆CIP数据核字（2016）第311073号

北峡诗词选

刘彪 著

责任编辑 侯宏堂 刘佳
装帧设计 任彤
扉页题字 孙文光
出版发行 安徽师范大学出版社
地　　址 芜湖市九华南路189号安徽师范大学花津校区
邮政编码 241002
网　　址 http://www.ahnupress.com/
发 行 部 0553-3883578 5910327 5910310（传真）
E-mail asdcbsfxb@126.com
印　　刷 虎彩印艺股份有限公司
版　　次 2017年3月第1版
印　　次 2017年3月第1次印刷
规　　格 880×1230 1/32
印　　张 8.875
字　　数 182千字
书　　号 ISBN 978-7-5676-2697-3
定　　价 45.00元

代序

《北峡诗词》漫笔

祖保泉

《北峡诗词》的作者刘彪先生，今年高寿七十八，对我来说，是同龄人。我们在晚年结翰墨缘，有时共同评诗敲韵，自饶乐趣。上月刘先生赠我以足本《北峡诗词》，使我有先睹之快。读这本诗集，我有个突出的感觉，就是作者在不少诗词中所写的社会情景，似乎我都经历过，因而读时感情上很投入。由于感情上的投入，便进而鉴赏他的诗艺，品味他的诗趣。近日，得知《北峡诗词》将公开出版，我为之祝贺，并愿向读者投献我读这册诗集的『漫笔』，以期抛砖引玉。

一

《北峡诗词·自序》说：『余之治诗，向持白居易「文章合为时而著，歌诗合为事而作」之宗旨，主张用古典诗词之形式，反映时代新生活之内容，情蕴于中』。

这种诗创作主张，与我所见略同。如果让我带有历史的回忆来说明赞同刘先生『治诗主张』的话，那便是，当我年轻的时候，文坛上的名流，有人反对写旧体诗，说旧体诗束缚作者思想，影响诗情的表达；也有人说，旧瓶可以装新酒，何妨写旧体诗。可以说，自『五四运动』以来，诗创作的新体、旧体之争很热闹。从诗歌理论著作角度看，艾青的《诗论》和朱光潜的《诗论》是对立的，且都出现于我的中学、大学时代。我将何去何从？从长辈们诗创作的实践看，鲁迅、郭沫若、毛泽东，他们都倡导写新诗，而且郭氏以新诗遐迩闻名，然而他们所写的旧体诗也是杰出的，甚至是超越千古的，这对后生影响极大。我是在抗日战争中受大学教育的青年人，学写旧体诗词，颇用心力，不甘落后。我遇上严师词人路朝銮教授，他讲授的『词选』课，一年四考（期中、期末），就是要学生当场选调填词，课后评分，不及格的便拿不到这门课的学分。于是我班同学有了一阵填词热。我就这么初步学会了填词。人生，真是各有缘分吧，刘先生说他十四岁在私塾读书时，老师为学生『每五日设一诗课』，从此他便开始学诗，后来入中学、大学，课余『亦未尝辍诗』。上述事实表明刘先生和我早有习作旧体诗的共同爱好。现在我有缘得知刘先生的治诗主张，认为理当如此。其理何在？在于这主张既符合『文学是现实生活的反映』的基本原理，也符合诗创作的『言志』『缘情』的本质特性。

我还要说，刘先生的治诗主张引起了我读这本诗集的兴趣，想探求他『为时』『为事』而作的诗篇，在思想感情上是否会引起我的共鸣？我有同龄人的好奇心。

二

《北峡诗词》所反映的『时』『事』，首先惹我注目的是《渡江》一首，诗曰：『一夜炮声奔怒雷，雄师飞渡大江来。前军湾沚枪声密，报道尸陈杨干才。』

这首诗，我以为记录了作者和我于一九四九年初投身革命后的大欢喜。当时，我们是二十几岁的小伙子，一心盼望解放全中国，建设新中国。大军渡江，作者有幸随军前进，并以亲身经历为渡江战役的胜利做了真实的记录；而我，在大军渡江之夜（一九四九年四月二十一日），在黄麓师范科学馆，听到远处炮声，便和几个学生披衣而起，登小山岗遥望南天，兴奋之情，难以抑制。三天后，红旗插上蒋介石『国民政府』的门楼上。渡江胜利进军消息纷纷传来，其中就有蒋军第二十军军长杨干才因所守江防（芜湖县湾沚镇）被攻破而自杀的新闻。

时至今日，我读这首诗便有如此美好的回忆。这胜利的喜悦，是当时身在江北的人民才有深刻体会的。

其次，我注目于『偶成』诸篇（包括《偶成》《病中偶成》《春日偶成》《夏日偶成》《冬日偶成》等）。写诗而题曰：『偶成』，实乃作者有感而发，岂偶然哉？偶然中自有必然原因在。我为理解作者的心声，便视『偶成』诸篇为一类，并选取几首细加思量。七绝《偶成》曰：

无愧于心不赧颜，违心一似负心难。谁知真话逢人说，落得烦言入异端。

这首诗写于一九五七年，这时全国处在『反右』运动高潮中；诗的作者是个耿介之士（当时三十五岁），身为基层干部，敢于面对现实，敢于说真话，不凭上司的颜色行事，这种求真务实的作风，不仅得不到嘉许，反而在运动中遭到批判而被视为『异端』。说『真话』而被戴上了『异端』政治帽子，天乎人乎，其话怎讲？然而，事实竟然如此！身受此难的诗人仍然要说『真话』，便以『偶成』出之。《病中偶成》，标志作于一九七八年。一九七八年乃是中共十一届三中全会召开的年份，它标志中国正式结束动乱走向建设的康庄之路。此时，诗人有什么独特感受？让我抄示两首中的第一首：

平生不尚务空谈，佞色谀言我更难。十载是非颠倒尽，年来事事觉开颜。

我们知道，一九七六年十月，党中央采取果断措施，一举粉碎了『四人帮』，结束了历时十年的『文革』。一九七七年四月，邓小平提出『应该用准确的、完整的毛泽东思想指导党的工作』，并指出『实事求是乃是毛泽东思想的精髓』。这就针锋相对地批判了『两个凡是』的错误方针，进而引发全国开展的一场关于实践是检验真理的唯一标准问题的大讨论，为党的十一届三中全会召开做了思想理论准备。一九七八年十二月，党的十一届三中全会召开，标志着新中国成立以来历史的伟大转折，开始走向建设有中国特色社会主义的途程。照我看，上引『平生不尚务空谈』四句，皆感时而发。这一年，诗的作者才五十五岁，他在病中看到『江城无处不生花』的气象，便『添火』『煎苦茶』，希望早日病愈，投入江城建设事业。

流光荏苒，诗人老矣，他唱道：『垂老遇明时，无奈斜阳暮。……情似叶辞柯，余年等闲度？荷戟戍吟坛，聊以抒怀愫。』（《壬申七十感赋》）『端居何以为家国，聊赋新词唱小诗』。（《七十抒怀》）诗人宣告要以诗报国。如此老年情怀，何其壮哉！

三

基于上述的思想感情方面的投入，我对《北峡诗词》的诗艺，略有领会，条陈如下：

甲、《北峡诗词》收录诗词五百余首，而其中五律、七律、七绝多达五百首，这表明作者善于用近体诗的格律抒情达意。也就是说，作者的诗艺功力主要表现在操纵格律上。

八句头的『律诗』之『律』，照我理解，守律必须锤炼，锤炼必求工稳，又要在工稳中显示个人风格。《北峡诗词》中有五律、七律，首首工稳，语言朴实雅洁，句句道出真感情，有一种朴素自然、刚健清新的美。让我举例明之。

例一，《南京长江大桥》一律后四句：

钢驹铁马云中渡，百橹千帆脚下飘。此日凭高更纵目，南都不复认前朝。

这几句，把诗题中的「登」字写得何等丰满！对新中国建设成就的赞颂真有实力。「前朝」，蒋介石统治下的「南都」，旧南京怎能和今日的「南京市」相比！

例二，《岳飞墓》：

老柏森森拱岳坟，西湖俎豆永飘馨。忠悬日月千秋颂，祸累河山半壁沦。百代冤奇三字狱，十年国误一帮人。心香不息风波恨，今古同悲有佞臣。

此诗句句写「岳坟」，中间两联极稳称。「三字狱」，以「莫须有」罪兴狱；「十年」，指秦桧自南宋高宗绍兴元年春入相，至绍兴十一年冬杀岳飞，成和议，恰十年整；「一帮人」，指依附秦桧的奸臣万俟卨、何铸、周三畏，以及妒忌岳飞战功超出自己的将领张俊。（《宋史·秦桧传》：「飞之死，张俊有力焉。」）——这点诠释，有助于理解全诗构思完整，虽用事而出语朴素自然。这岂是『工稳』两字所可了得！末句是怒目金刚的不言之恨，还是弦外之音，我以为不必多说了。

乙、作者守律的锤炼功夫突出地显现在描绘同类题材的作品上，例如关于长江大桥，他写过《南京长江大桥》《九江长江大桥建成通车二绝》《芜湖长江大桥通车志庆》，写得各有地理历史特征，使诗的画面各具特色。『钟阜龙蟠横莽莽，石城虎踞锁滔滔』，写的只能是『南京长江大桥』。『从此浔阳通坦道，马龙车水骋如潮』，『牛女佳期唯七夕，小姑朝暮会彭郎』，写的只能是『九江长江大桥』。『长桥十里卧中江，广福洪波顿不扬』，写的只能是『芜湖长江大桥』。写诗，首首『着题』，就是锤炼第一要着；布局、对仗、用事、措辞皆缘『着题』而生，抒情自寓其中。应该说，这是斫轮老手才能办到的。

又如，题诗友诗集，他写过《题房章汉〈松竹斋诗存〉》《题江兴元〈且闲斋诗词〉》《题汪稚青〈晚霞韵语〉》《读徐味〈云水轩吟稿〉题赠》《题刘振亚〈独臂翁诗存〉》等。翰墨缘贵在知心，作者对五位诗翁（房、江、汪、徐、刘）相知之深，一一见之于描绘他们的胸襟、情性、气度，真可视为五幅素描式的肖像画。

我说锤炼的功力植根于识力，读古今诗人写同类题材的作品，他们的功力自见分晓。

丙、《北峡诗词》中的七绝诗，与集中的律诗一样，多写亲见亲闻，取材于现实生活，写『实境』，实境而以自然雅洁的语言出之，便有清新之美；见实境而即景抒情，便饶有意趣。举几个例子：

（一）《步月桥》：

一弓桥架两湖间，玉魄遥看总半弦。临水分明惊满月，浮沉各据五分圆。

何等形象化！似有哲理意味：人生沉浮于世，虽雄杰往往难免，然有功于人民者，总留得玉魄精魂在。

（二）《谒鲁迅墓》：

压顶乌云暗九州，敢将匕首刺王侯。当年剑影刀光里，却见先生硬骨头。

鲁迅向封建主义、帝国主义等恶势力开火，坚韧不拔，战斗到底，是『硬骨头』。诗语直切，赞『硬骨头』需要硬峭语。

（三）《雪后观桃花峰》：

桃花仙子着银衫，淡日轻烟拂玉鬟。何事忽遮真面目？红颜只许少年看。

此诗作于一九八三年，作者时年六十。想象何等绚丽！然微有感慨：垂垂老矣，无缘见得仙子真面目。人间事，哪能事事如愿？看得开方称通达。见得遮面仙子，何尝不是缘？

绝句形体短小，求工不易。刘勰有言：『以少总多，情貌无遗。』（《文心雕龙·物色》）似可视为绝句的准则。《北峡诗词》中的绝句，具有概括性强、融情于景的特色，堪称佳作。

有人说，司空图所说的『不着一字，尽得风流』，才是绝句的极则。我以为那是一个流派的论调。任何人总不能要求绝句尽皆是朦胧诗吧？

四

上列随笔三则，自知所论很不周全；我只就《北峡诗词》主体着眼，说明这册诗的风格特征。『风格就是人』，照我理解，作者秉性耿介而不狂，岸然自律而不卑不亢，这种情性，反映在诗里，便能沉着抒情，有工稳、劲健之美；因坎坷半生而豁达自乐，反映在诗里，便追求朴素、雅洁之美。

这种美，初看起来似无特别惊人的力量，如仔细端详，则会发现『纷吾既有此内美兮，又重之以修态』（《离骚》一本作『修能』）。这『内美』就是北峡诗人热爱新中国的情景；这『修态』就是作诗求工稳、雅洁。这种风格是常人可近可亲的。诗人方泞《题〈北峡诗词集〉》有句：『不是文章憎命达，先生岂愿做诗人？』『不是』『岂愿』相呼应，高度概括地道出『诗人』的经历和胸襟。我想就此演绎，先生既做了诗人，诗有自我风格，自成一家，这也足慰平生了。

二〇〇〇年

（作者为安徽师范大学教授、原中文系主任、古籍研究所所长）

注：此序为《北峡诗词》［（香港）天马图书有限公司二〇〇一年版］所作。

敬题《北峡诗词选》

方竚

于湖烟柳系乡思，北峡闻鸡掷砚时。击剑纵横豪气壮，同舟风雨故人稀。
冰镕雪炼松弥健，水复山重路不迷。华国文章逢盛世，载歌载舞乐期颐。

晋文诗翁《北峡诗词选》出版奉题

孙文光

雄关古峡势崚嶒，红树青山别样情。
一脉诗宗尊惜抱，田间肝胆少陵魂。

自序

余生于桐城北峡，幼年入塾，即喜读诗，于义虽不甚解，但觉读来音韵铿锵，舒心悦耳，不忍释手。一九三七年，余年十四，曾受教于前清秀才张三峰先生。先生工诗文，除授经史及诸子文论外，每五日设一诗课，讲授诗词及其格律，乃余学诗之启蒙也。自此，有兴则学涂鸦。既入中学、大学，于课余学暇，亦未尝辍诗。

一九四九年一月，余弃学从军，四月，随军渡江，进驻芜湖市，此后忙于公务疏于吟咏。一九五七年，反『右』运动中，不少人因诗得祸，使人视填词赋诗为畏途，从此，余于诗道已少激情，更远离诗业矣。

剪除『四人帮』后，党的十一届三中全会制定改革开放政策，国家经济日益繁荣，文学艺术日益复兴，传统诗词创作亦随之继起。由于解放了思想，冲破了文坛种种禁锢，全国各地诗词组织纷纷建立，诗词刊物亦如雨后春笋，破土而出。一九八四年，余获准离休，心闲舒阔，恰逢诗潮汹涌，旧痒难抑。转思诗歌可以『颂明时，讽弊垢，陶冶情操』，何妨『从此啸歌诗是业』。余之潜心学诗，实始于此。继而加入中华诗词学会、中华诗词家协会等相关组织，并担任多项职务，促余学习诗词格律和诗艺，以适应诗词活动之需要，故学诗有所进益，实得诗运推动之力也。

余读书虽不及万之一，然『余生欲借山河助，赊得陶情悦性诗』，乃所愿也，而离休后，得展此愿。一九八四年，曾随老干部旅游团，游览苏州、无锡、杭州、上海等胜景；一九八七年，曾远游青岛、西安、成都、乐山、峨眉、重庆，顺三峡而至武汉，饱览名山大川之壮丽；一九八八年，趁应邀参加海南省诗词学会成立大会之际，作环岛行吟，复至桂林、宁波、普陀，得尽览南国之风；多年来，又以公务登黄山、上九华、览匡庐、观北京，先后行程数万里，足迹遍四方。祖国壮丽河山，启我以情；各地风土文物，迪我以思；神州之大之雄，扩我视野；情思生而诗兴起，乃有所作。故诗艺有所提高，实又得力于山川游历之助也。

余治诗，向持白居易『文章合为时而著，歌诗合为事而作』之宗旨，主张用古典诗词之形式，反映时代新生活之内容，情蕴于中。故重意境、重韵律，乃余创作之要义也。至于用韵，自诗运兴起以来，诗家要求放宽韵限之声四起，主张用词韵者有之，用十三辙韵者有之，支持邻韵通押者亦有之。余向坚持邻韵通押，屡见讥于世，现姑妄存之。

余韶年曾入塾六载，虽通读四书（《论语》《大学》《中庸》《孟子》），三经（《诗》《书》《春秋》），但仅止于背诵，于义理则不甚解。既入中学、大学，亦曾泛读国史及诸子文论，但涉猎不深。入伍后，因潜心公务，所学久已荒疏。离休后，重操诗业，为增进诗艺，对李、杜、苏、辛等诗词大家之巨著亦曾努力研习，然以国学底蕴不足，且老来文思不敏，难能探求诸家风格之精微，而获益甚浅。因此，在创作中，每每得心而不能应手，所作诗词多属俚词拙句，诗味无多，唯格律能稍守规制而已。然而无论讴歌、讽喻、纪事或言情，都是因事而作，缘情而发者，对余之生活和思想轨迹，亦可以依稀展现，得稍志雪泥鸿爪耳。

余自治诗以来，七十余年间，共得诗词歌行近两千首，除少时习作两百余首已大部散佚外，仍存作品一千七百余首。现以此为基础，选出歌行十八首、五言绝律八十二首、七绝一百五十二首、七律一百五十七首、词三十二阕，辑成六卷，名曰《北峡诗词选》，拟予付梓，以就教于方家。此集冠名『北峡』，以余世居桐城北峡山之南麓，聊寄乡思于万一也。

二〇一六年孟夏，桐城北峡刘彪志于芜湖市青山园寓所，时年九十有四

目录

卷三　七言绝……〇七一

卷四　七言律(上)……一三一

卷五　七律(下)

卷六　词

附录……二三九

卷一　歌行

敌机肆虐书愤

一九四〇年深秋，日机近十架飞临桐城县城，狂轰滥炸，目睹惨状，令人发指，痛斯民之涂炭，爰为之记，以志不忘也。

日上柳梢头，青山环水碧。墟里上炊烟，市声如鼎沸。
忽闻报警钟，敌机已蔽日。弹雨泻低空，轰鸣如雷击。
地动复山摇，硝烟漫城黑。日月顿时昏，山川无颜色。
才闻解警钟，争相奔井邑。不听市嚣声，但闻人痛哭。
通衢火烛天，房塌犹持续。街宇顿成墟，十室存其一。
人肠挂电杆，人腿飞屋脊。鱼市肉横飞，人肉杂鱼肉。
小儿伏母僵，老妇抚尸泣，斯民遭蹂躏，凄惨何其极！
归来复深思，倭寇肆横逆。鱼肉我人民，河山沦半壁。

人善被人欺，国弱被凌辱。仇怨洒神州，千秋难泯没。
忠愤气填膺，怒发冲冠直。众志应成城，誓喋倭奴血。
夜深思未绝，辗转眠不得。萧瑟正秋风，如闻新鬼咽。

祝山行

一九八七年

大兄复华居东至，行医祝山，三十余年未得一聚，今年七月，余归桐城，邀诚、安二弟，共赴大兄之约，欣慰离怀，而临别依依，老泪纵横，实乃相见时难别亦难也。

兄弟如劳燕，分飞四十年。幺弟天津去，大兄客祝山。我居鸠江侧，梓里有诚、安。有约频年爽，相见亦殊难。今践大兄约，联袂赴江南。放眼将行路，盈盈山水间。

晓发龙眠月，午涉大江潮。车行五百里，向晚祝山招。暮岭云开合，清溪走曲蛟。下车入溪口，老桧揖相邀。路转林深隘，行经叶树桥。缘溪三五里，隔水问归樵。樵者当路立，直指南山隅。『松竹萦村郭，青峰左右舒；小桥流水畔，倚石结精庐；门徽图太极，便是大夫居。』葵花傍篱落，桑荫覆庭除。犬吠山谷应，鸡飞上碧梧。主人闻客至，启户两惊呼。相对疑梦寐，执手信非虚。

兄嫂堂前立，儿孙列满庭。儿辈不相识，如今始认名。开宴罗浆酒，鸡黍复山珍。举杯频话旧，悲喜泪难禁。嫂年七十五，兄年八十三。步履皆轻健，耳聪目不眩。行医六十载，方药济人艰。林泉足娱老，应诊仍无闲。有闲即相伴，日夕常笑欢。卅年才一聚，五日共盘桓。晨起辞兄嫂，开门别祝山。大兄扶杖起，携手出云关。群峰罗岸立，溪流咽不欢，行行出溪口，临歧别更难。『才慰平生愿，忽又送君还；尔我俱已老，此别岂一般。』大兄言戚戚，我亦泪涟涟。执手去不忍，相约会来年。

〔注〕此诗一九九五年获全国『李杜杯』诗词大赛佳作奖。获评曰：『娓娓而谈，毫无修饰，而真情感人自深，通篇不用典，又不是大白话，而是浅显的仍具活力的书面语言，显得典雅而不迂腐，通俗而不轻浮。这种诗，应该说是又一种意义上的推陈出新。』（见《『李杜杯』诗词大赛作品选》）

倒爷行

一九八八年

街谈巷议说市场，市场今日乱无章。一从价格行双轨，物价腾如马脱缰。马脱缰，人遑遑，抢购狂潮不可当。价行双轨生差额，差额诱人贪欲发。官倒私倒一窝蜂，争相盘剥吸民血。吸民血，炙手热，贫富分化演愈烈。富者楼头醉复歌，小民不耐风和雪。

诸君莫谓耸危言，请看商品价殊悬。彩电平价才千九，议价转手三千元。一台攫利愈千百，四口农家度一年。度一年，万愁牵，农家有苦向谁宣？化肥农药议价进，平价售出粮和棉。议价进，平价出，一年辛苦化云烟。三中曾颁重农策，农村喜有新日月，千村瓦舍柳含烟，万家温饱坑头热。岂知才脱旧时穷，却陷倒爷盗薮穴。盗薮穴，人遭孽，鼎沸万家声怨烈。

倒爷何恃逞横行？首恶当推庇护人，狼狈为奸谁家子？贿赂公行饕吏门。饕吏门，欲熏心，倒爷奔走无晨昏。彩电冰箱寻常礼，贡酒云烟何足论。倒爷饕吏相勾结，紧俏商品唾手得。平价购来议价销，居然一夜成富伯。得益岂可忘权门，利大利小酬有别。红包一掷逾万金，些小意思掷千百。掷千百，势难歇，前门愈冷后门热。饕吏都成售货员，手握官权当货鬻。

噫吁嘻！官倒私倒同根出，蛀国殃民祸无极。中枢有令告人民，经济环境亟整饬。声威已撼倒爷心，硕鼠过街如豕突。可怜空闻喊打声，倒爷伎俩犹持续。要治倒爷先治贪，贪官不除无宁日。执法从来贵无私，明时应有包孝肃。

君不见，双轨价开倒爷生，贪官庇护倒爷横。治贪还须治物价，除恶务尽除其根。除其根，安民心，民心得失系亡存。改革开放待深入，倒爷不倒路难行。

行贿八阵图并序

一九九〇年

读七月二十一日《解放日报》刊载《行贿八阵图》一文，发人深省，诗以应之。

自古贪官必受贿，受贿必有行贿人。狼狈为奸原一体，行贪行贿本难分。贪者鬻权求善价，贿者以利结权门。一权一利相生发，钱权交易可通神。行贿伎俩万千种，有如八阵图秘闻。酒肉时充阵前卒，糖衣炮弹着无痕。

君不见，辽宁凤城个体户，闯关夺隘钱开路。万金一掷慨而慷，狐群狗党争朋附。关系网密如蛛丝，高官院长皆入彀。易如反掌衣转非，捐官晋级畅无阻。好闲游手成劳模，光荣形象钱可塑。东西南北刮钱风，熙来攘往逐铜臭。

君不见，榕城郊县包工头，闻道某厂将大修。腰缠万贯手提酒，直上工程主任楼。寒暄一番复吹捧，相逢恨晚味相投。当场拍板明开价，八千现钞小报酬。包得工程百余万，馋猫硕鼠结朋俦。直钩钓鱼自上钩，贿赂公行是恶瘤。

君不见，曲线钓鱼手段妙，迂回曲折风波少。请君陪客战『方城』，只输不赢送钞票。或为子女办婚嫁，有借无还情未了。或作留学担保人，漂洋过海走小道。或赠股票与龙卡，袖中授受谁知晓。陈仓暗度弄玄虚，名不涉贿囊已饱。查无实据辩得清，贪儿不用胆子小。司空见惯不稀奇，枯枝败叶待风扫。

君不见，江城公司某经理，往来深圳走海市。开发大旗做包装，朝欢暮乐钱流水。倒买倒卖发横财，惩腐有令禁不止。密保贪情秘不宣，大红伞下护邪轨。放长线兮下曲钩，饵得大鱼鱼嬉尾。一旦东窗发隐私，错节盘根难处理。

噫吁嘻！行贿受贿演愈烈，狼狈相依为窃贼。贿赂岂止蚀人心，蛀国之祸尤惨烈。倡廉必须先惩贪，惩贪先必惩贪官。惩贪不惩行贿人，直如锄草根未删。惩贪惩贿得民心，穷寇猛追不可停。劝君细研图八阵，激浊扬清见行动。

云岭行

纪念皖南事变五十周年
一九九一年

忆昔扶桑贼，侵略肆横行。江山沦半壁，华夏系亡存。四亿炎黄胄，忠愤气填膺。抗日呼声烈，救亡运动兴。八路群雄起，阻敌太行阴。江南新一叶，崛起新四军，如钳制敌后，倭寇焰为撄。南北两天柱，危局赖以撑。

云岭扬赤帜，抗日聚精英。宣传救国策，万众尽归心。军民同浴血，奋勇不顾身。一胜卫岗役，再捷官陡门。游击江南北，敌伪胆频惊。吴楚明一角，独许新四军。

一九四一年，一月霜风烈，突变起皖南，同室操戈钺。鸱

〔注〕①新四军陈毅部于一九三八年六月十七日，奇兵突袭，取得卫岗战役的胜利，重创日军浮山与板仓部。一九三九年一月二十一日，粟裕率部奇袭芜湖近郊日寇据点官陡门，全歼伪军三百余人。

②皖南事变后，党

鹗背信义，逼我走江北。设陷茂林阴，围堵用埋伏。八万困九千，炮火凌骨肉。萁豆本同根，相煎何太急。嗟我子弟兵，奋勇一当十。七日苦战频，弹尽复粮绝。项英身死之，叶挺陷缧绁。九死仅一生，泾川染碧血。大敌横当前，兄弟忍相阋。惨烈中外惊，狼心天下白。

将士殊死战，突围九之一，男儿志不移，抗日犹持续。陈毅主新军，辅有刘张粟。团结工农兵，重整鼓旗赤。敌后辟战场，苏北挥大纛，冒死犯敌锋，灵活施战术。戮力赖同心，金瓯片片拾。驰骋健儿雄，威震江南北。抗日作中坚，不负民心切。还我旧河山，奏凯朝天阙。

弹指五十年，九州新日月。云岭我重来，茂林换春色。巍峨烈士碑，高耸泾川侧。忠勇昭千秋，山水辉伟绩。一笑泯恩仇，两岸春潮接。前事后之师，共图统一业。

中央决定任命陈毅为新四军代军长，刘少奇为政委，张云逸为副军长，赖传珠为参谋长，邓子恢为政治部主任。

壬申双春日儿女为余庆古稀感赋

一九九二年

壬申春首日，远近儿孙集。插烛满琼糕，为余庆七秩。大儿致祝词，期我寿一百。群孙捧玉樽，敬我五粮液。老妻怜我醉，饮我雪梨汁。今日更双春，欢声盈斗室，诸儿学有专，敬业重风骨。相顾乐融融，对此心弥适。

回首七十春，思绪如江泻。少壮路崎岖，偃蹇愁难卸，八年抗日艰，烽火燃诸夏。血洗汉家园，漫漫夜复夜。内战续三年，新陈欣代谢。投笔事戎行，庶不为人嫁。谁知运动频，身若秋千架。涂瑕复指疵，儒生岂可赦？

浩劫十年深，四凶覆一旦，新天丽日月，云开百忧散。改革顺人心，神州百业灿。谈笑沐春风，心花何烂漫。垂老遇明时，无奈斜阳暮。心余力不支，陶令归来赋。情似叶辞柯，余年等闲度？荷戟戍吟坛，聊以舒怀愫。

人生难满百，世途多曲折。书剑愧无成，唯余满腔血。时人笑我痴，我自吟不辍。存我性情真，济时陈一得。今日寿双春，且听乃翁歌一阕。但愿儿曹珍惜盛时春，攀登奋勇无停歇。

回乡问兄疾有序

一九九五年

长兄福升八十有二，颈部患肿瘤。春三月，回乡探视，观其痛楚之状，心实恻恻，而不忍言别也。

兄有采薪忧，千里躜行急，飙轮若风驰，家山瞬在目。牵帘问起居，投杖床前立。执手生笑欢，色霁愁顿失。拥衾为我言：『病势时反复，客岁初发生，瘤形如豆粒。今春症转深，瘤大如桃实。彻骨痛钻心，难以安枕席。医精术已穷，药妙无裨益。我生不畏死，求死今不得。』诉罢泪涟涟，我亦情恻恻。阿兄八十余，哪堪承此厄。幸有子孙贤，朝夕侍亲侧。衣食颇周丰，承欢以颜色，人生不百年，有此当云足。讵知病魔侵，此厄谁能释？千里我归来，长愧无良策。慰以千万言，留连五日别。

泸溪行

一九九六年

丙子年十月，偕老妻张德芬及勤儿上龙虎山，泛泸溪河，览道教圣地。

三秋飘竹筏，日出泛泸溪。缓急随流水，风光入眼奇。溪流清见底，可数群鱼戏。触石水洄悬，激注涡旋起。峡谷锁有

〔注〕唐代皮日休（逸少）、顾况，宋代曾巩（子固）、王安石，南宋末至元初赵孟頫等诗人、书法家，游龙虎山时，留下不少诗篇和刻石。

时，箭波泻似飞。水绕峰回转，缥缈使人迷。群峰两岸簇，百态千姿逼。或似巨龙腾，或如虎踞立。骆驼更有峰，刺天惊突兀。山水蔚奇观，漓江为逊色。

风雨剥断崖，流水劏溪石。鬼斧复神工，异态塑千百。云锦待谁披？石鼓待谁击？或似莲花绽，或惊玉梳裂。王母赐仙桃，凡人食不得。一崖一石俱多姿，更附美丽之传说。篙师作导游，家珍数不休。传奇犹未尽，红日已当头。

水崖百丈绝，密密古墓穴。峭壁何置棺？百思解不得。忽闻崖上爆竹声，飞云阁下钟磬鸣。道家作法三十六，表演悬棺戏初出。仿古吊车崖顶生，三根绞索垂梯云。缘索二人下绝壁，空中翻转鬼神惊。或如杂技人倒立，或似吊环身屈曲。寻寻觅觅到中崖，鹞子翻身临墓穴。崖下一索系悬棺，吊车轧轧水生寒。徐徐上与墓穴并，突拽悬棺飘入洞。葬仪既毕钟磬歇，两岸掌声如雷裂。龙虎山头九九峰，峰峰落日红如血。

当年逸少曾游此，顾况诗成一笑起。子固看山紫气萦，荆公落笔如清徵。诸贤勒石更题名，千百诗辉龙虎史。我今亦作泸溪歌，笑问前贤可洗耳？

喜香港回归

一九九七年

巍巍华夏五千秋，灿烂文明冠五洲。秦皇汉武何赫赫，唐宗宋祖亦风流。纵有四夷施侵侮，终归完璧固金瓯。独有清廷昏愦极，鸦片一战种百愁。无边鸦片倾中国，毒害人民千祸作。虎门一炬誓销烟，英帝恃强凌我弱。坚船利炮犯神疆，枪口之下签条约。香岛沉沦易米旗，开关赔款藩篱落。割地赔款例一开，列强如虎扑人来。瓜分华夏纷宰割，河山破碎实堪哀。丧权辱国人饮血，炎黄四亿奋戈钺。反帝反封斗争频，前仆后继肝胆裂。浴血奋战继百年，喜看日月换新天。万里旌旗红禹甸，人民自主领山川。不平条约齐废止，吐气扬眉从此始。三中全会改革兴，十亿神州同奋起。经济繁荣国力增，两制雄谋开新纪。众志成城山可移，欢呼香岛归桑梓。香岛五星旗猎猎，百年耻辱一朝雪。神州处处竞放歌，四海炎黄共欢悦。海港更看日日新，明珠从此益香洁。极目河山彩凤飞，九龙舒卷惊鬼魅。

拆旧庐迁新居之歌

二〇〇〇年

卜居中山路，忽焉五十秋。青丝今不见，白发已盈头。宅宇虽云窄，伴余欢与愁。欢时儿女趣，愁里雪霜稠。回首驰遥想，四凶张左网。批罢逐余还，避风幸有港。雷霆殛四凶，日出楚天朗。老病赋归来，哦吟天地广。

忽传政府令，兴建步行街。广辟休闲地，歌风起翠台①。命余拆斯室，共助画图开。斯室共荣辱，何忍一朝摧？庚楼留

〔注〕①歌风台：汉高祖十二年还沛，置酒沛宫，款待家乡父老。酒酣，帝击鼓歌「大风」之歌。后世称为歌风台，以志与民同乐也。

记忆②，区区乃私怀。同乐舒民意，我何惜小斋？

儿曹为我卜新居，青山园里置精庐。两厅又三室，起居乐宽余。修文更有室，四壁列图书。窗明且几净，投老觉心舒。新居楼傍中山路，步行街簇恒春树。花坛草地引游人，朝霞暮霭湖中趣。我年近八十，灵境时涉足。湖气荡心扉，清词跃然出。新居景色佳，不复思旧室。世事日日新，老至怀时局。

红楼罪薮覆灭歌

厦门特大走私案，主犯赖昌星与其兄赖水强，为编织走私『保护伞』，打造走私链条，特建红楼一座，内设宴会包厢、歌舞厅、按摩室、桑拿浴、鸳鸯浴、赌宫、总统套房、钱权交易办公室等豪华设施，并选四十佳丽为三陪女郎，拉拢腐蚀上自部长、书记，下至一般官员共六百余人，架起走私长廊。三年间，共走

②庾楼：即庾信所居也，借指待拆之旧室。

私各种货物价值五百三十亿元，偷逃税款三百亿，行贿数亿元，实令人触目惊心。一九九九年六月，党中央组织一千余人，深入调查，费时一年余，全案始告破，红楼罪薮终于覆灭，走私放私之罪犯均被绳之以法，大快人心。爰为之记，以垂殷鉴。

厦门二赖起狂澜，手眼通天闯海关。三载走私五百亿，偷逃税款垒如山。行贿受贿数亿元，六百官员成巨贪。莫谓余言骇视听，请看魔窟舞蹁跹。

君不见：红楼宴乐宵连日，魔影人妖进复出。宴罢山珍复海鲜，楼头更有鸳鸯浴。深宫美女艳如花，醉入春帏娇无力。金钱铺路色为媒，行贿伎俩变难测。或为留学献青蚨，或为情妇营别居。或为经商供资本，或为子女置精庐。投其所好施所欲，千百万元轻一掷。钱权交易饱贪心，忍把官权当货鬻。酒肉金钱连女色，糖衣炮弹无虚发。贪吏纷纷落马前，大开海禁关不设。舶来私货没遮拦，内外勾连官亦贼。

君莫忘：漫云狡兔有三窟，神鹰眼疾窥毫发。精兵暗暗发天门，众贼闻风心突突。五路分兵入贼营，撕开黑幕一层层。纵横关系如蛛网，打私反腐势难分。虎穴龙潭接战艰，正邪较量浪横天。节节敲残『保护伞』，关关斩断走私链。道高一丈魔三尺，罪薮红楼一旦覆。法网恢恢疏不漏，城狐社鼠尽收拾。传来捷报快人心，锣鼓喧阗闻九域。

君宜思：二赖有何能，竟俘官六百？部长和书记，何以供驱策？海关何大开，不缉走私船？贪吏何从生？走私何猖獗？走私生腐败，触目惊心魄。耐人发深思，根源应剖析。学习年年讲，拒腐何无力？有法竟不依，失在无监督。展望神州日日新，岂容狐鼠坏基石？走私腐败不清除，改革开放何深入？

夜游上海新天地

二〇〇四年

上海市将石库门民居售与港人，辟为餐饮、娱乐等夜生活场所，名曰『新天地』，与中共一大会址仅一街之隔。

石库门深多古意，今成洋场新天地。霓虹闪烁灿流辉，万国衣冠长夜聚。东魅餐饮招佳客，巴黎餐厅肤六色。巴西烧烤味奇鲜，樱岛清音迷夜月。靓女俊男杂沓来，搂腰挽臂共萦回。双双相拥石门去，烛影摇红绮宴开。座中有客言侃侃：『一大会址曾瞻览，立党为公济苍生，先贤沥血披肝胆。今日消闲来此地，灯红酒绿乾坤醉。相邻咫尺两重天，理想现实何其异？』我闻此言心忽忽，放眼春申观现实。一从改革国门开，富商游客如云集。歌台舞榭妙舒心，餐馆茶楼香夺魄。处处欢歌不夜天，远东都市声名赫。却看芸芸下岗人，连年苦恨谋衣食。华筵一席数千金，谁怜弱势人群有菜色？

观奥体公园《同唱一首歌》大型歌会有感

二〇〇四年

菊紫枫丹秋九月，奥园歌会邀佳客。歌迷四万涌潮来，九华十里路为塞。火树烟花烛夜空，霓虹彩帜遥相接。歌星列列竞登场，同唱时行歌一阕。台上歌旋台下应，欢声起伏疑如梦。张扬歌管彻云霄，同乐相看民气纵。曲罢歌迷作星散，忽闻行人发浩叹：『一张歌券近千元，一场歌酬四百万。歌券推销不费难，企业机关为买单。欢歌消遣皆民脂，不看自是白不看。座中岂有下岗族？记否边穷饭不足？应知一券听歌钱，足抵贫人三月食！』我闻此言心郁郁，同乐之情顿消失。但望富人自费去听歌，但愿歌仔莫将艺德当货鬻。

丙戌重阳夜登浦东金茂大厦①

二〇〇六年

重阳不忘登高俗，沪上无山难远足。入夜携家下浦东，
权将列厦当峰簇。登梯跃上金茂巅，忽觉身轻如燕蹴。
豁然明镜八方开，万象缤纷争入目。百里春申灯火作，
宛如星斗从天落。澄江一道市中流，疑似银河将天割。
熠熠楼林插入云，有如万烛当空灼。更看一塔耀明珠，
秀出摩天楼隐约。凭栏俯瞰千街熳，车水人流如蚁贯。
菊烂灯华不夜天，酒楼茶肆香风漫。八方商旅集如云，
万国衣冠交锦灿。海上名都誉五洲，不见当年魔影乱。
孔子登山曾小鲁，我今凭高小吴楚。明日更上金中楼②，
睥睨亚太小环宇。

〔注〕①金茂大厦：金茂大厦靠近东方明珠塔，高四百二十五米，八十八层。
②金中楼：系上海环球金融中心大厦之简称，彼时正在建中，高四百九十二米，一百零一层。

行年八十五

二〇〇七年

行年八十五，路途还能走。环湖步一周，精神仍抖擞。
不求食有鱼，但嗜一杯酒。日读报章新，闲吟诗一首。
溯寓青山园，忽焉又七年。谁知人渐老，日益淡尘缘。
身虽居闹市，心静却如禅。胸中有溪壑，市响当鸣泉。
日来二三老，新知杂旧好。谈地复聊天，妙言常绝倒。
信息互为通，评骘共分晓。忧怀一笑清，心宽万事了。
春秋来复去，杖朝又五度。素不溺功名，只欲穷诗路。
时清固可讴，颓风应百虑。讽颂本民心，不求世俗誉。
红映晓风疏，春花漫镜湖。大江流浩浩，赭岭绿蘧蘧。
目骋山河丽，天高意气舒。一筇临大野，斜照满桑榆。

抗震救灾之歌

二〇〇八年

二〇〇八年五月十二日十五时三十八分，突发以四川汶川为中心的八级地震，汶川、北川、都江堰等县市受灾最为惨重，并波及青川、绵阳、绵竹、什邡、松潘及甘南、陕南地区等数十县市，受灾人口近千万，其中五百万人无家可归。党中央、国务院立即发动全国人民全面展开抗震救灾工作，搜救生命，抢治伤病员，安置灾民生活，恢复生产，重建家园。不及两月，已获重大成绩，民心安定，爱以歌之。

汶川五月十二日，八级地震惊突兀。山崩地裂变风云，屋塌楼倾天地黑。两川①汶北被夷平，映秀②半为山体覆。城镇村落尽成墟，万户千家埋瓦砾。千间课室一时倾，无数师生被掩

〔注〕①两川：指汶川、北川，两县城镇均被夷为平地。②映秀：镇名，大半为山体滑坡覆埋，过半人口罹难。

没。八万生命绝须臾，五百万人归无室。天荒地老遍哀鸿，千里灾乡神鬼泣。

灾情就是无声令，抗震救灾争响应。一方有难八方援，主席总理亲临阵。十万驰援子弟兵，开山夺路赴危境。更有民间志愿者，闻风集结随飞进。夜以继日掘废墟，争分夺秒抢生命。困埋无数获生还，生命奇迹③人称庆。但悲逝者永星沉，天际唯留亲者痛！逝者已矣存者悲，骨折肢残血泪垂。日夕呻吟生死线，万千伤病倩谁医？白衣战士来天外，救死扶伤献至爱。废寝忘餐治伤员，疗伤正骨调心态。周全服务胜亲情，起死回生卅万人。更施消毒防百菌，灾后不愁大疫侵。

中华传统崇仁爱，守望相助五千载。今日汶川惨景撼人心，情动神州生爱海。请看九域爱心扬，捐物捐钱献血浆。立聚全民之心力，更输府库之财粮。源源救助如潮至，水陆空运入灾乡。板房栉比新村启，粮油用品列如市。周济到人居有房，风雨不惊无冻馁。更见板房学校兴，灾区琅琅书声起。五

③生命奇迹：在军民搜救中，不少生还者都超过七十二小时的生命极限，不断出现一百、一百二十、一百六十小时，最长达一百九十二小时的生还奇迹。

百万人免流离，亲情如火暖心里。地无分南北，人无分中外，救助万方来，大爱无疆界。

爱心互助生团结，抗震精神腾热血。天摇地动撼山崩，难摧众志坚如铁。以此精神抗震灾，战胜大灾已在望；以此精神建家园，废墟立见起楼轩；以此精神复生产，百业重兴五谷灿；葆此精神强不息，振兴灾区何畏有艰难？

老树喜重花

盆植双榴树，连年花满枝。对花时纵酒，兴至即吟诗。
一盆惊遽槁，叶落疏枝老。不忍径弃之，溉锄肥未少。
冬去复春华，枯枝忽发芽。端阳滋叶盛，老树喜重花。
米寿余心悦，形神犹健捷。欣然对此花，不信生死劫。
夫子乐忘忧，不知老将至。斯言获我心，胜对榴花味。

〔注〕《论语·述而》：「其为人也，发愤忘食，乐以忘忧，不知老之将至云尔。」

读孙文光教授《天光云影楼诗稿》题赠

云影映天光，徘徊百亩塘。流清润物细，水活溯源长。
先生学富穷经理，作述等身扬奥旨。摭轶钩沉继绝音，
鸠兹有幸传诗史。先生乐意育英才，师院书城纷教祉。
广施雨露被泽深，喜看天下盈桃李。先生领阵戍吟坛，
江左诗风开新纪。艺苑群贤雅韵多，点春妙笔推孙子。
先生清咏满诗囊，醉里讴来齿颊香。金玉一编风骨在，
新声流响动天乡。

卷二　五言绝律

五言绝

临河集至合肥道上

一九四六年

绿柳垂千岸，花岗簇翠螺。日高原野阔，策蹇陟春坡。

春雨

一九七八年

一夜风梳雨，无声润物徐。渡春堤畔柳，青眼向谁舒？

秋晨即事

一九七九年

一夜秋风紧，开门叶满町。枯黄都不见，独有老枝横。

〔注〕时正清查「四人帮」余党。

黄山夜雨二绝

一九八三年

风撼群峰动，云昏雨脚凝。桃花溪水急，一夜应山鸣。

涛居难入梦，倚枕听龙吟。晓看云开处，桃蕾已满林。

〔注〕是夜宿于桃花溪畔之听涛居，溪中有龙吟石，石阻水急，声似龙吟。

步丁之《偕诸友登滴翠轩》韵二绝

一九八六年

时同游者有丁之、陈华英、吴良善、徐大本、王为与我六人。丁老系四川李白乡人。

闻道名轩好，欣从五老游。松筠环古寺，滴翠唱方稠。

盛世诗多彩，人豪韵自遒。青莲高格调，一曲动宣州。

中秋月

霓虹灯万盏，一月领高空。今夜圆无缺，清辉贵贱同。

五言律

乡村初夏

一九六八年

『文革』中被靠边，遣余赴四褐山支农，农村忙于双抢，久息斗批之兵，疑置身于风雨之外。

夜战东场急，枷声落五更。耕耘连日继，作息听钟鸣。
菜麦收才了，秧禾插已青。人心思乐岁，久息斗批兵。

偶成四律

一九七八年

少小遭纷乱，深知世事艰。中原烽火急，边地角声寒。

浩气吞胡日，悲歌动海关。八年家国恨，拯溺仗延安。
北地春雷发，雄鸡唱晓斋。书生投砚起，戎马渡江来。
挽浪淘胸臆，挥旗净宇埃。东风吹万里，笑领百花开。
南来安住久，日与大江逢。春入潮千里，风生浪万重。
地连吴水阔，山逐楚云濛。抱质怀情愫，升沉此意同。
此心皈革命，三十易春秋。日月常新照，江河不息流。
征途犹未了，老病已应休。热血今何洒？和诗荐九州。

〔注〕《楚辞·怀沙》：「怀质抱情，独无匹兮。」

冬日镜湖

一九七九年

冻解清波滟，湖光足旷怡。云行疑日走，水动觉船移。

老树横桥郭，青松傲雪堤。公余无个事，一杖任东西。

乍暖还寒日

乍暖还寒日，残躯处变难。衣裘既觉重，着夹又嫌单。
幻化阴晴里，周旋冷热间。春来初病起，最恼是余寒。

旧居重建喜新

一九八〇年

陋室欣重建，周年返故居。楼高延日早，望阔觉天舒。
扃户辞尘响，开轩听鸟呼。家贫无客扰，闲课子攻书。

元日

一九八一年

饮罢屠苏酒，闲行学少年。沿街听爆竹，逐户赏春联。
艳竞千家店，人流十里川。江城元日里，谁个不陶然。

次韵友人《游太湖》

一九八四年

南社收诗雨，临波更探幽。飞歌闻太白，留醉与湖楼。
盛世无巢隐，轻舟有蠡游。多情应笑我，独唱楚江头。

三山至芜湖道上

一九八五年

三山登古道，晨菊灿秋霞。日暖村原树，烟笼渚际沙。
行云高下棹，流水往来车。欲醉何须问，亭亭有酒家。

青岛中秋

一九八七年

仰首胶州月，今宵分外明。海云千里净，桂魄一轮清。
碧浪淘尘垢，素辉照鲁舲。团圞游子意，独酌不胜情。

峨眉清音阁

久仰峨眉秀，登临乐不禁。寒云笼古寺，激水响清音。
石径缘溪出，丛林抱壑深。浑疑来世外，忽忽动禅心。

峨眉伏虎寺

峨眉峰上水，汩汩虎溪来。峻石凌空插，浮云贴地回。
雾凝花露重，林静鸟啼谐。古寺临幽壑，禅关向客开。

海南通什市

一九八八年

群山罗翡翠，万绿绕通城。南圣清流彻，阿陀碧岭横。
凌空楼映日，流彩阁飞金。几日酣游兴，诗情荡客心。

海南三亚市

常绿天南岸，明珠海上城。醉人花气重，入梦浪声轻。
椰翠披华厦，波清引玉鲸。长街香十里，游旅拥千旌。
硕果园常熟，华灯夜永明。龟蛇烹美味，虾蟹佐奇羹。
放眼蛮荒尽，回头仙鹿惊。环山流翡翠，落笔幻阴晴。
海角千帆竞，天涯一柱撑。万方来雅客，三亚特牵情。

〔注〕鹿回头、落笔峰、海角、天涯一柱均为三亚附近景点。

海南省诗词学会中秋夜雅集即兴

万里趋南国，寻歌到海城。儋崖多雅士，高韵满椰林。
盛会逢佳节，新词唱太平。清辉盈碧岛，月是海南明。

象山水月

桂林象鼻山在漓江、阳江汇合处，山形似象伸鼻饮江水，鼻与腿间形成圆洞，似一轮明月浮于水面，故名。

象鼻垂波饮，江清水自流。双流难吸尽，千载不抬头。
月满常无缺，人欢了不愁。家山无此月，欲取载归舟。

上敬亭山

一九八九年

五月四日，敬亭山诗词学会召开成立大会，被邀躬逢盛会，并登敬亭山。

直上敬亭路，缘溪石径斜。扶筇穿竹海，举足踏云霞。
绿雪茶香永，清吟韵味奢。诗山今一仰，长揖李仙家。

〔注〕黄镇题敬亭山为诗山。

黄山猴子观海

游人徒羡叹，谁解石猴情？日日观沧海，时时望太平。
风云难夺志，寒暑不移行。千载长如此，忠贞可与盟。

〔注〕猴子云时观云海，晴时面对太平县，故又名望太平。

芜湖市首届菊花节即兴

一九九一年

菊乃芜湖市花，首届菊花节于十一月一日开幕，赭山、镜湖、汀棠三公园，展菊百万盆，菊卉造型百余种，游人云集，诚盛举也。

塞上秋风劲，于湖菊正黄。万花纷赭麓，一路灿陶塘。
艳迓瀛洲客，香飘子夜霜。晚芳矜有节，清韵满江乡。

与章汉、石林、方竚三君汀棠赏菊

房翁携曹操酒一壶，共据石桌饮于江东船厂展点前，该点有菊、蟹、酒诸造型，配以唐人咏菊诗句，雅兴不浅。

携得魏王酒，汀棠赏菊来。花间胜友聚，石上玉樽开。
揽景频猜令，联诗各骋怀。江东添蟹韵，更进两三杯。

繁昌谢鸿轩教授①由台回乡聚于赭山舒天阁赋赠

一九九二年

两岸风烟隔，繁阳望远津。羁怀潜卷帙，旅梦入回文。
碧海浮归楫，青山迓故人。啸歌萦赭岭，高阁更添春。

〔注〕①谢教授乃楹联家、藏书家，擅回文诗，有著作多种。

喜老友吴盛坤由台回乡兼送别二律

吴君乃余中学挚友，一九四七年去台湾任教，长期阻隔，今年十月回乡探亲，来书约见，少年一别，白首重逢，盘桓二日，临别依依，赋此寄意。

遥忆宜城月，迎江古寺钟。朱颜轻一别，白首惜重逢。
执手知非梦，倾心话旧踪。沧桑多少事，悲喜卌年中。

未酬三宿愿，遽尔送君行。日月潭前树，龙眠岭上云。
秋帆风正满，海峡浪初平。尚望劳飞雁，频传两地情。

游孔城藻青山慈云庵

十月二十二日，偕诚弟绩兴夫妇、兰轩妹、东亚侄同游孔城藻青山慈云庵，赋此。

藻青山色秀，策杖健登临。烟抹千峰淡，阳和万象钦。
慈云停瘦岭，法雨涤尘襟。得失浑无挂，何劳听梵音。

春步镜湖

一九九三年

旭日辉双镜，湖光分外明。波心回画舫，叶底啭流莺。
芳草侵阶绿，垂杨拂岸青。情随春步远，老至恋时清。

清明日翠明园晓步

小园新过雨，景色入清明。涉绿皆成趣，临芳亦解情。
晓寒知露重，林静觉风轻。毕竟融霜雪，方欣草木荣。

余君振亚书斋落成赋赠

一九九五年

摩诘归来赋，欣然起草堂。小斋迎日暖，微雨透轩凉。
山染屏峰翠，泉流翰墨香。辋川多秀色，难舍故人庄。

春日回乡期间寿如君招饮兼话别

风雨当年骤，家山别故人。不期长作客，唯剩苦吟身。
杯酒劳相慰，情谊喜再温。我来将又去，何日得重亲？

清洁工

残月依天末，寒灯照五更。长街凉似水，落叶殒无声。
奉帚除尘道，挥锹铲秽腥。一城梳洗罢，迎取日初升。

题丁文烈《守庆山庄吟草》

一九九六年

五十余年别，遥知鬓已斑。龙眠回梦远，云路怯霜寒。
赭岭人犹健，枞川咏正酣。一编风骨在，心韵尚流丹。

皖赣道中

千里探勤儿，登程共老妻。车驱山北走，云逐雁南飞。
鸟影浮峦碧，秋林入眼绯。晚烟迷古郡，不觉到昌西。

赴龙虎山车中

晓日悬天半，岚光合翠微。路随峰势转，车逐岭云飞。
龙虎青山矗，仙都紫气迷。飙轮犹辘辘，心已上巍巍。

上清古镇

上清唐镇永，今日我来初。衡宇依岩筑，人家傍水居。
游旌喧古渡，集市足鲜蔬。更喜民风朴，天师府第舒。

〔注〕上清镇建于唐代，为龙虎山张天师府所在地。

石钟山杂咏

登山

寻幽兼探胜，首上石钟山。仙阁依青翠，危崖俯碧湾。
双流回岭下，五老出云间。一览胸襟阔，鸥飞共往还。

登清浊亭

攀援凌绝巘，小憩碧山亭。西下江流浊，南来蠡水清。
江湖双派合，清浊一痕分。堪叹清流洁，难消浊水腥。

篱外菊

一九九七年

一从篱外菊，独傍野人家。色浴寒霜艳，香披冷月奢。
但盟枫叶赤，难共牡丹华。风雨频施虐，宁枯不落花。

夜游中山路步行街

一九九九年

芜湖市中山路商业步行街于九月二十九日建成开市，迎接国庆五十周年。十月二日夜游此。

佳节增游兴，长街信步徐。霓虹流异彩，商厦炫明珠。
锦簇中山路，花团古镜湖。人潮澎湃里，欢响动云衢。

八十自寿

二〇〇二年

梦回惊八十，忧乐仍关情。自笑诗眉白，何期阮眼青。
桑榆多晚景，兰气满春城。百事心无挂，唯求韵律清。

读包清《吟泉诗草》因寄

三百华章灿，归来兴益饶。胸中团日月，笔底有波涛。
美刺关民瘼，情怀恰舜韶。青山吟不老，头白气犹豪。

繁昌诗词学会成立志庆

二〇〇四年

春谷群贤集，骚坛一帜扬。马仁流古韵，鹊屿赋新章。
国裕民心奋，时清翰墨香。诗怀连广宇，百叠唱繁昌。

读刘君逸非《长筝短笛》因寄

江东思渭北，久慕咏才清。鸠渚传高韵，庐阳负盛名。
长筝翻古调，短笛弄新声。岂止文章著，岐黄济众生。

重谒青山李白墓

重来怀太白，旭日照青山。翠阁萦高冢，文光射大千。
雄吟中外颂，清誉古今传。引领风骚者，何时见谪仙？

题闻莺姐《岁月留痕》诗集

岁月演荣枯，留痕不胜书。半生萦苦恨，一卷感唏嘘。
不畏风和雨，何争毁与誉？寒梅凌雪放，香气满庭除。

赞绿衣人赵青云

二〇〇五年

邮路通中外，天涯若比邻。古闻青鸟使，今有绿衣人。
不畏风和雪，何辞苦与辛？飞车传信息，暖送万家春。

谒和州刘禹锡陋室

为亲先祖德，百里上和州。陋室清依旧，苔痕绿仍稠。
铭碑流韵远，胜迹倚云悠。仁者居何陋？名垂自万秋。

送梦昆孙留学美国波士顿大学

二〇〇六年

跨洋征学海，万里赴波城。两地风烟隔，频年研读辛。
男儿当奋发，学术贵专精。倚闾亲人在，毋忘故国情。

安弟八十诞辰志贺

北峡雄关永，常怀伯仲情。
春花侵雨瘦，夕照映山明。
腊鼓迎华诞，琼筵起玉筝。
杖朝增福寿，兰桂喜同荣。

郎溪县诗词学会成立志庆

宣州多菊韵，诗意满郎川。
雅集增文彩，高吟入管弦。
江山凭点缀，风物任流连。
词苑情无限，人间翰墨缘。

月夜重游外滩

是年十月，与老妻去上海勤儿处小住一月余，暇日与勤儿夫妇逛外滩，登金茂大厦，游大观园。

滩头人涌动，江上画船移。两岸霓灯灿，千楼火树奇。
重临看不厌，久立兴尤滋。夜半蟾光落，归来一枕迟。

二〇〇七年

题鲍弘达画集

鲍弘达先生系安徽歙县人，国画大师黄宾虹入门弟子鲍二溪之子，安徽大学毕业，建筑工程专家，二〇〇七年西泠印社曾出版《鲍弘达画集》。

槛外松涛急，烟云万壑湍。清思凝白石，妙笔点春山。
黄岳倚天峻，晴岚入画闲。双溪家学永，风格继新安。

丁亥除夕书感

二〇〇八年一月

一

雪花飞腊尽，珠玉满城池。银幕播春晚①，钟声感岁移。
迎新吾已老，忆旧友频稀。欲晓天犹雪，思烦入梦迟。

〔注〕①春节联欢晚会时称为春晚。

二

大雪连朝落，银屏警信萦。湘黔伤冻雨，赣粤苦凝冰。
久滞还乡客，频增倚闾情。家山何处是？风雪断归程。

三

年年盼瑞雪，一雪竟成灾。电网多倾折，民居半毁摧。
郴韶车路绝②，汉广旅人哀③。喜有中枢令，全民救助开。

喜钱千、盛法二君见访

二君为言母校原安徽学院金寨古碑冲旧址，已沧桑莫辨，忆

②郴州断电，火车停开；韶关路冻，汽车为阻。

③京珠高速、京九铁路因雪阻停运，百万旅客滞留广州、武汉，食宿难以为继。

同学少年，今成白首，爱以记之。

老友欣来访，为余说古碑。昔年求学地，今日满秋葵。
变化原天理，荣枯感岁时。相看俱白发，谈笑共忘机。

清明回乡杂咏

回乡途中

晓发芜湖月，青繁逼眼新。菜花黄遍野，松岭绿连津。
才越铜庐境①，便临峡石②春。家山怜久别，倍觉见时亲。

〔注〕①此次回乡，经由繁昌、青阳、铜陵转庐江，至桐城。②峡石：古称桐城大小关为峡石关。

祭扫祖茔

远近家人集，登台祭祖茔。纸灰如蝶舞，爆竹应山鸣。
每念恩荣厚，长惭奉养轻。亲情何以达？再拜泪频倾。

亲朋餐聚

难得亲朋会，酬觥醉复歌。春风盈馆阁，紫气浴关河。
顿觉欢愉满，径忘别恨多。衰年今一聚，他日又如何？

访　友

访昔垂髫友，相逢乐不禁。惊看头尽白，笑对眼犹青。
竹马儿时趣，诗书老境清。沧桑多少事，悲喜话平生。

别故里

龙眠四月里，乍暖意犹寒。故旧难为别，家山别更难。
风扬桥畔柳，云拥峡前关。挥手从兹去，何时得再还？

春谷响水涧踏青

二〇一一年

胜日临春谷，欣闻涧水淙。松山奔似马，电缆走如龙。
麦垄千原绿，桃花万树红。风光无限意，醉煞踏歌翁。

游碧桂园

碧桂园位于芜湖市澛港与三山之间，北滨长江、南临龙窝湖，四面空野，独起别墅楼群，誉为休闲胜地。

一

蜷伏蜗居久，春临兴始抒。乘车趋澛港，转瞬近龙湖。
碧桂旗舒卷，晴江浪急徐。忽惊楼宇矗，大野起天衢。

二

蜂蝶穿花径，游人竞入园。琼楼辉映日，别院隐鸣弦。

〔注〕杜甫《醉时歌》诗云：『诸公衮衮登台省，广文先生官独冷。甲第纷纷厌粱肉，广文先生饭不足。』郑虔为杜甫挚友，任广文小官，一生清贫，衣食难给。

酒肆香风漫，歌台舞袖旋。万金轻一掷，谁念广文寒？

月夜听涛

月涌江流急，城秋子夜清。无眠临草阁，倚杖听涛声。
往事滋遐想，衰年梦远征。幽居何限意，风雨忆平生。

国庆游天门山

佳节增游兴，乘车览二梁。秋江流浩浩，佛寺卧苍苍。
殿角悬斜日，山阴竞晚航。天门溪壑韵，销尽市朝狂。

夜夜梦龙眠

北峡雄关峻，云霞灿故园。草堂春意暖，岐岭月光寒。
忧乐平生志，诗书老境缘。不知身是客，夜夜梦龙眠。

金言孙赴英留学诗以勉之

英伦虽万里，一日去来闲。世路由人择，宏图只自专。
书山攀跻易，学海溯源难。贤者轻名利，唯求德艺全。

有感东部地区雾霾不断

二〇一三年

冀鲁尘遮日，京津笼雾霾。神鹰飞不起，铁马步难开。
春运繁多急，游人滞久哀。如斯生态恶，为政忍徘徊？

癸巳重阳与诸老友登赭山

重阳登赭岭，万里爽高秋。目悦山河丽，心雄意气遒。
名园时入梦，白发幸同游。相顾人犹健，联吟乐未休。

〔注〕久伏蜗居，隔绝世事，今日与诸老友登山其乐融融。

九十二岁生日席上口占

二〇一四年

才饮元宵酒，又聆祝寿歌。开筵吟友聚，举盏醉颜酡。
发白身犹健，诗清味益多。长生原臆想，不老在心和。

中日甲午战争一百二十周年祭

甲午风云惨，倭夷兽性残。马关蒙国耻，条约割台湾。
怨洒神州暗，悲凝血泪斑。睡狮惊猛起，百载战犹酣。

中秋怀远

二〇一五年

仰首中秋月，于湖分外圆。情随歌舞动，梦逐旅魂翩。
六地[1]分飞久，频年欲聚难。今宵怜独酌，万里共婵娟。

〔注〕①六地：儿孙辈为事业，分居芜湖、合肥、淮南、上海、台湾、美国纽约等地。

卷三　七言绝

避寇西山二绝

一九三八年五月，日寇侵入桐城，全家避乱西山五道岭。

疯狂日寇逞凶残，避乱西山五月寒。
山外屡来逃难者，频传敌骑毁乡关。

独立峰头不见家，田园久废满蓬麻。
书生有志驱狼虎，直欲沙场骋战车。

敌退返里二绝

一九三八年十月，安合公路被我军破坏，驻桐城日军遁入合肥。

忽传胡虏遁庐阳，岭上初闻喜欲狂。
驱犊担书扶老幼，三秋结伴好还乡。

耨耖修茅复故居，惊连五月始心舒。
宵深掩卷思家国，何日寇氛尽扫除？

过晓天母校重登周瑜读书楼

一九四四年

桃李春风几度开，书声依旧动山隈。
小楼名重周公瑾，昔日刘郎今又来。

山城闻日寇投降二绝

一九四五年

忽闻倭寇举降幡，雷动欢声撼万山。
奔走喧呼传捷报，相看涕泪满衣衫。

浴血驱狼历八春，终教锣鼓替枪声。
百年耻辱欣初雪，万里河山待复兴。

〔注〕山城：指立煌县城，解放后改为金寨县，抗日期间为省府所在地。

渡江杂咏六绝

一九四九年

是年一月，桐城青年五十六人，北上参加华东野战军先遣纵队七支队，驻于合肥刘家小郢，学习城市政策，四月二十四日随军渡江，接收芜湖。

别刘家小郢

男儿热血一腔腔，百侣风华意气扬。
纵论新评天下事，小郢三月最难忘。

夜行军

行军月下出东关，越岭穿林直向南。
一夜星驰过百里，平明洗马裕溪湾。

闻中央军委发布进军江南令

一声号令下江南，亿众欢呼敌胆寒。
天堑投鞭流可断，雄师百万气如山。

渡江

一夜炮声奔怒雷，雄师飞渡过江来。
前军湾沚枪声密，报道尸陈杨干才。

〔注〕杨干才为国民党二十军军长，于湾沚战败自杀。

入城

军容整肃入江城，爆竹声声夹道迎。
十里长街喧笑语，同欢解放万民情。

进击沪杭

解放军威慑虎狼，沿江千里破联防。
王朝已失金汤固，马不停蹄下沪杭。

春日偶成二绝

一九五七年

东风着意送轻柔，百卉欣欣蕾渐稠。

桃李已开宜继发，缘何欲放又还收？
奔雷阵阵动江流，急雨惊风撼小楼。
一夜群芳摇欲坠，晓园春色乍成秋。

偶成

一九五九年

无愧于心不赧颜，违心一似负心难。
谁知真话逢人说，落得烦言入异端。

中秋接福建前线云弟书

忽传东线报军书，皓月临空酒未除。

此日辕门张捷宴，遥呼能饮一杯无？

月夜渡长江

深秋之夜，由裕溪口南渡，正值月白风清，水波不兴，电灯闪烁，连绵两岸，蔚为大观。

风平古渡水无波，皓月澄江玉镜磨。
两岸繁星绵不断，轻舟疑是入天河。

梅　愿

一九六五年

笑傲风霜浴雪生，不争清誉不争春。

年年只作司春使，报与人间岁又新。

读《实践论》

一九六九年

认识长河不绝流，人间活水注源头。
知行往复穷真理，实践前边是自由。

五七干校书感二绝

一九七〇年

一束轻装干校行，茫茫何处是前程？
脱胎换骨谈何易，只怨诗书误此生。
日荷锹锄种菜蔬，挑泥担粪学从头。

磨肩放踵添新茧，一片丹心荐素秋。

秋收

起伏金涛接岸生，晴霞泻染一川明。
秋风为报江南熟，十里轻扬打稻声。

重阳

一九七一年

黄花烂漫满园金，冷落重阳草径深。
借问游人何处去？倾城倾国尽批林。

货郎赞二绝

不管阴晴雨雪稠，肩挑货担乐悠悠。
东村串罢西村走，一路歌声身后留。

一肩担尽社员心，到处千呼万唤迎。
不负村村新日月，针头线脑寄深情。

支农三绝

一九七二年

碧天无际晓云开，万马千军踊跃来。
双抢何辞挥汗雨，随收随耙又随栽。

东停西起涌新歌，战罢南川抢北河。
立看江乡风景异，早来黄稻晚青稞。
铁马深耕电灌田，千年村史写新篇。
重来不识当时路，错把新渠作旧川。

阵雨

汗浆如水洒黄昏，忽地风生起墨云。
雨幕遮山随瞬过，两三星伴月牙新。

送别江汉

一九七三年

大江滚滚过芜城，为甚匆匆不久停？
且喜蜡梅花正发，暗香一路送君行。

芬妻方子出席上山下乡先代会喜赋二绝

一九七五年

旗海花潮逐浪歌，长街十里变红河。
人流踊跃中山路，夹道欢呼代表过。

灼灼红花映爽姿，阳光艳洒晓风吹。
花开四百零三朵，分插吾家有两枝。

悼念周总理逝世三绝

一九七六年

南国惊心噩耗飞，风吹芜港笛声凄。
滔滔不尽长江水，难泄神州万里悲。

哀歌一曲水云重，八亿同悲悼马翁。
百战艰难无一泪，临风对此泪无穷。

华夏何堪失栋梁，无言拭泪伫甘棠。
群魔未灭身先死，能不教人欲断肠。

清明日感事二绝

世路漫漫风雨磐，人间又遇倒春寒。
清明未见晴明日，北望神京感万端。

字里行间析『短评』①，眼中形势足分明。
已闻北地春雷动，欲雨江天风满城。

端午感事二绝

江南五月不寻常，未见龙舟竞大江。
最是人心思屈子，家家寒食过端阳。

〔注〕①『短评』：指《人民日报》关于天安门『四五』悼念周总理事件的评论。

天安门下不闻声，谁说薰风②解愠情？
此日榴花红似血，颂歌依旧满京城。

〔注〕①时邓小平因「四五」事件被罢职。 ②古诗《南风歌》：「南风之薰兮，可以解吾民之愠兮。」

由芜至沪轮上

时由杨天一医师陪同至沪就医。

六月乘风下海郊，春申千里不知遥。
楼船一夜浮清梦，忽报吴淞正早潮。

黄浦江上

帝殖当年洒怨仇，横行沪上百经秋。

谁知黄浦江中水，多少英雄泪俱流。

谒鲁迅墓二绝

压顶乌云暗九州，敢将匕首刺王侯。
当年剑影刀光里，却见先生硬骨头。

连天风雨满江城，敢有歌吟动地生？
泉下若知人世事，定将慧眼辨妖猩。

外　滩

昔日外滩气寂寥，人间魑魅任逍遥。

春风岁到江南岸，不度苏河白渡桥。

在沪悼念朱德委员长逝世三绝

才悲华夏殒辰星，老辈又伤少一人。
千里哀风萦沪上，江天泪雨落纷纷。

泫然泪眼顾寰中，犹有斗争浪几重。
请到黄泉招旧部，好将余烈战妖风。

信知海上浪犹狂，万艇冲涛夜未央。
伤逝莫弹儿女泪，应将热血洒春江。

病中偶成二绝

一九七八年

平生不尚务空谈，佞色谀言我更难。
十载是非颠倒尽，年来事事觉开颜。

细雨和风润物华，江城无处不生花。
小楼镇日添炉火，为解陈疴煎苦茶。

次韵吴于廑教授《登黄山》

一九七九年

层峰直上不辞难，一览天都宇宙宽。
得识黄山真面目，只缘雾尽日中看。

镜湖春晓

一九八〇年

倚杖闲行过晓园，东风吹散一湖烟。
可怜杨柳舒青眼，只向长堤看少年。

毛主席故居

一九八一年

颐年堂下草坪舒，开国元戎有故居。
但见运筹帷幄在，清风翻阅一床书。

故宫博物院二绝

玉笏当年朝至尊，端门如海午门狰。
丹墀鸾殿犹如昔，不听山呼万岁声。

六宫三殿踞皇城，玉琢金雕灿日明。
唯有铜狮抬望眼，冷看帝业历枯荣。

大雨市区为泽二绝

一九八二年

云垂雨脚注如筛，混沌江天拨不开。
才向镜湖看水涨，潮头忽已上长街。

长街十里化长河，人逐游鱼市上过。
四野汪洋千顷白，天心底事负农多？

黄山纪游

一九八三年

三月，赴黄山参加省卫生工作会议，会后游山。

早发登山

天公知我上层峰，扫尽晨岚浥旅尘。
松际春风迎杖履，相将踏破半山云。

过龙蟠坡上天门坎

足踏龙蟠坡际云，闲看姐妹牧羊群。
从容直上南天阙，不待金鸡报九阍。

〔注〕龙蟠坡可望姐妹牧羊。从天门坎可赏金鸡叫天门等景。

雪后观桃花峰

桃花仙子着银衫，淡日轻烟拂玉鬟。
何事忽遮真面目？红颜只许少年看。

雨后游桃花溪

飞瀑生烟堕碧潭，龙吟虎啸响空山。
白龙桥下桃溪水，带雨随云出谷欢。

选人才

楼高自可凭栏远，绠短焉能汲井深。
贤路已开犹未广，遴才端赖惜才人。

〔注〕明画家唐寅云：「有德有才者惜才，有德无才者容才，无德有才者忌才，无德无才者毁才。」

乡村杂咏三绝

一九八四年

草塘风送小桥南，绿柳依依拂钓竿。
倘得人间闲岁月，观鱼何必子陵滩。

新红淡绿眼迷离，倚杖山行傍小溪。
过罢清明农事紧，声声布谷唤春犁。

营盘山上草萋萋，独立凭高万象低。
百曲长河裁锦绣，新村两岸满晴曦。

寒山寺

张继诗添古寺春，姑苏城外旅游新。
古今多少枫桥客，悟得钟声有几人？

九华纪游

登九华

三破天门上九华，[①]松迎竹引入僧衙。
禅林处处钟声晚，烟锁云封地藏家。

百岁宫

浩劫弥天罹万家，何辜佛骨亦成邪？[②]
东岩今日明如画，苦海无涯信有涯。

〔注〕①登九华须经一、二、三天门，是夜宿东岩宾馆。　②九华原有肉身佛六尊，「文革」中毁五，唯明代无瑕和尚肉身，为僧人匿于洞中得免。

神光岭地藏王肉身宝殿

望断东南第一山，天阶直上觉非难。
众生普度知多少，今日神光岭际看。

〔注〕宝殿有匾，上书地藏誓言：「众生渡尽，方证菩提。地狱未空，誓不成佛。」

登江阴要塞

故垒凭临野岭苍，依然炮口控长江。
当年要塞声名重，御侮何曾护此邦？

步陈华英《滴翠轩偶成》韵

一九八六年

蝉鸣古寺雨收时，高阁谁吟太白诗？
竹翠松青人自醉，不知山外日迟迟。

芜湖至桐城道上三绝

一九八七年

千里归心似箭飞，无为道上雨霏霏。
长堤一线连天远，点点渔村倚翠微。

野阔川平绿满畴，两三青犊牧洲头。
遥看一旆飞林表，应是黄姑贳酒楼。

轻车电掣过庐江，错落群山入眼苍。
犹记小关南下路，青松十里是吾乡。

合肥至西安途中

远游翁媪向秦关，灯火连城洛水寒。
一夜秋风吹宿雨，半天霞翠染长安。

登西安大雁塔

健登雁塔客心雄，百里秦川一望中。
回首大明宫阙处，瑶台紫阁已成空。

兵谏亭

亭为西安事变中张学良、杨虎城二将军拘蒋介石之地。

临潼今日丽如春，风雨当年力转轮。
兵谏亭前思烈士，一囚一死两将军。

峨眉万年寺

峨眉秀气出禅林，古寺清心悦性情。
莫道名山僧占尽，由来山伴佛成名。

乐山载酒池

九顶山①前树色稠，三江碧水汇龙湫。
此身不是嘉州守，也上凌云载酒游。②

〔注〕①九顶山：即大佛山，亦名凌云山，位于大渡河、青衣江、岷江汇流处。
②乐山古名嘉州，汉嘉，东坡诗云：「但愿身为汉嘉守，载酒时作凌云游。」

白帝城怀古

白帝山高尚有楼，君臣遗像肃千秋。
当年若重联吴策，钟邓何能下益州？

〔注〕白帝城为刘备托孤处，山上有昭烈庙，塑有刘备、诸葛亮、关羽、张飞、赵云诸人像。蜀为魏将钟会、邓艾所灭。

过葛洲坝三绝

大坝横江锁巨澜，陡然高峡变湖湾。
西来千里三江水，不见狂涛撼万山。

〔注〕三江指大渡河、岷江、嘉陵江。

南津关外水如天，坝上平湖日月悬。
从此蛟龙呼不起，却看珠玉满田川。

〔注〕南津关为三峡出口处，已为湖水托平。

一湖吞吐百川流，顿锁荆巴万里秋。
水利殊功收五省，今人事业胜前修。

〔注〕五省为湘、鄂、赣、皖、苏。

琴台

台在汉阳月湖畔，传为俞伯牙鼓琴处，钟子期识其音律，结为知交，钟死，俞即断琴不鼓。

琴台此日喜新晴，钟俞千秋仰望频。
一自伯牙琴折后，高山流水几曾闻？

西游归途杂咏二绝

万里云游已觉迟，更怜风月老鸠兹。
余生欲借山河助，赊得陶情悦性诗。

忍看红羊劫后痕，汉家文物半烟尘。
残碑断碣空余恨，欲唤狂生细与论。

汉阳晴川阁

一九八八年

晴川高阁倚江流，舸舰连云接素秋。
万古滔滔谁可锁？龟蛇只合镇桥陬。

湛江海滨公园

风静波平夕照明，一园晴翠染椰林。
可怜望海多情石，长系归帆万里心。

〔注〕一园椰林滴翠，独具南天特色，又有望海石诸景。

世风杂咏二绝

一九八九年

朝夕奁缘曲巷穿，前门冷落后门喧。
劝君莫作清廉叹，近日人情有价钱。
投鞭力断江流易，欲挽人间风气难。
纵是审时严法度，还须万众共移山。

黄山纪游

过太平

轻车缓缓抱山行，蚓曲龙蟠过太平。
云帐忽从人面起，天都缥缈不分明。

人字瀑

飞流直下玉生烟，百丈崖头双瀑悬。
谁挽银河春水落，书成人字雾中看。

雨后登白龙桥

雨过群山向晚晴，白龙桥上独闲行。
惊涛万壑飞流急，底事龙吟诉不平。

〔注〕白龙桥上可望龙吟石，石阻水急，响震空山。

奇　松

黄山独数松奇特，咬住巉岩不放松。
纵是悬身凌绝壁，风狂雨骤仍从容。

怪　石

如鳌如虎复如猴，十八僧随五老游。
百怪千奇工造化，峥嵘头角孰堪俦？

云　海

云腾浪激势排空，欲撵群峰下海东。
莲蕊天都无所惧，依然耸立怒涛中。

游镜湖怀张孝祥二绝

细柳芰荷手自栽，一墩烟雨赋归来。
于湖韵事传千载，大雅遗风今又开。

步月桥头逸兴酣，留春唱罢又观岚。
追贤不及张安国，辜负陶塘雨露湛。

〔注〕陶塘乃南宋词人「张孝祥捐田百亩，汇而成湖」，今日塑像只有萧尺木而无张孝祥。

镜湖竹枝词八绝

一九九一年

景源

谁携风月入陶塘？争说当年张孝祥。
管领风骚代有主，题襟人忆状元坊。

春湖

春入镜湖别样妆，轻罗遮面柳为裳。
此身宜傍陶塘老，千里他乡作故乡。

公园

镜湖烟景日三新，破晓林荫舞步纷。
午后方城喧扑克，晚来风月属情人。

〔注〕公园晨为练拳舞剑之健身场，午后为扑克、麻将之娱乐场，晚间为谈情说爱之情场。

留春亭

留春亭畔欲留春，打桨观花惜落红。
无那莺莺啼不住，声声犹自唤东风。

烟雨墩

归去来堂址已平，一墩烟雨任阴晴。
年来太守兴风雅，赐与钱家祀阿英。

〔注〕烟雨墩为张于湖归去来堂旧址，原有于湖祠，久废，现辟为钱杏邨即阿英的纪念馆。

柳春园

留春佳话舫园茶，源出于湖《蝶恋花》。
今日春园偏姓柳，可怜风韵已多赊。

步月桥

一弓桥架两湖间，玉魄遥看总半弦。
临水分明惊满月，浮沉各据五分圆。

尺木亭

尺木亭前花径蟠，百年灵秀毓湖山。
满城争说萧家巷，四岳雄奇运笔端。

〔注〕张于湖于一一六九年在荆州请辞后，曾作《蝶恋花·怀于湖》。结句为「留春伴我春应许」。湖上先后出现「留春小舫」「留春茶社」「留春园」「留春医院」等。惜一九八五年重修时，改为「柳春园」。

〔注〕萧尺木曾于采石太白楼作「匡庐」「泰岱」「华岳」「峨眉」壁画四堵，为世人所称。

辛未清明回乡杂咏四绝

春风袅袅拂山家，十里村头闹杏花。
雀噪筠林鸠唤雨，丛丛新笋竞抽芽。

日暖风和草色新，红男绿女踏芳尘。
停车若问寻春客，多是清明扫墓人。

爆竹声声响万鞭，标坟彩挂满山前。
纸灰化作飞蝴蝶，冉冉随风上翠巅。

祭扫人家赛掷钱，鸣鞭化纸闹墦间。
生前不事曾参养，死后尊亲岂是贤？

谒南昌青云谱八大山人纪念馆二绝

八大山人，即朱耷（一六二六—一七〇五），明末清初画家，南昌人，明宁王朱权九世孙。明亡后，为避清人迫害，一度为僧，又当道士，青云谱道院为其所建，擅长山水画，工书法，款署『八大山人』，连书似『哭之、笑之』字样，以寄家国之痛。

一泓碧水绕孤洲，但见青云馆上浮。
莫问山人家国事，雪梅风骨自千秋。

未雪心头恨黍离，参禅入道又何为？
癫狂嫉世唯书画，直面湖山哭笑之。

江西财经学院校园杂咏三绝

学府洪都第一家，琼楼峻拔曳流霞。
南园北圃弦歌起，雨露春风桃李华。

沁园风月倍关情，翰苑书声出翠林。
小立回廊听鸟语，环湖烟柳系春深。

倚杖登楼俯赣川，暄暄旭日照湖山。
兴来欲借词宗笔，好写沁园作画看。

九江长江大桥建成通车二绝

玉虹飞架枕长涛，万里长江又一桥。
从此浔阳通坦道，马龙车水骋如潮。

银河漫道鹊桥长，且看垂虹锁大江。
牛女佳期唯七夕，小姑朝暮会彭郎。

一九九二年

听琵琶国手杨均弹《昭君出塞》

明妃有泪藉君弹，马上琵琶塞外寒。
青冢若闻翻旧曲，离魂能不梦长安？

一九九三年

首春偶成

一九九六年

首春无雨雪飞来，日扃衡门冻不开。
诗债如山惭力薄，欲安一字久徘徊。

龙虎山纪游

参观天师府

风行千里御秋霞，来访南天第一家。
欲把名山都踏遍，天师留客且停车。

〔注〕南张北孔俱称天下第一家。

灵泉井

井在天师府大殿前，为琼州道士白玉蟾一九二五年所建，白能吟，有咏龙虎山遗诗多首。

万叠云山拥画檐，墀前玉井水犹潜。
灵泉凛冽清如昔，不见真人白玉蟾。

上清宫毁于『文革』

废墟唯见草青青，昔日仙宫已不存。
白骨精生原一劫，走妖太尉是何人？

〔注〕宋徽宗遣洪太尉至龙虎山，请天师祈福禳灾，在参观镇妖井时，放走妖魔，事见《水浒》。

桐城别兴元、革飞诸友及诚、安二弟三绝

一九九八年

连天风雨如磐日，会少离多苦梦思。
垂老幸能重聚首，一杯美酒醉春时。

往事如烟散不收，胸中明月自春秋。
风高雁阵艰云路，未到衡阳已白头。

白发还乡访故知，一回相见一回稀。
愿君惜取龙河柳，待得来年再折枝。

九九重阳诗会二绝

安徽省诗词学会一九九九年十月十五日，于合肥召开『九九安徽重阳诗会』，江淮大地有四十余位著名诗人与会，即兴赋二绝句。

寻歌百里上庐阳，胜会新翻雅韵章。
八皖骚坛耆宿聚，一觞一咏总难忘。

年年煮酒过重阳，此日樽前兴更长。
重九岁逢重九日，百年一遇醉花黄。

宁夏沙湖杂咏三绝

二〇〇〇年

沙湖在宁夏回族自治区平罗县境，总面积为四十五点二平方公里，其中：湖水面积为八点二平方公里，流动沙漠十二点七四平方公里。沙湖名胜是以水、沙、苇、鸟、山等自然景观为主体的『塞外明珠』。

湖润金沙沙抱湖，晶莹塞上一明珠。
江南漠北风光合，赏景观鱼意趣殊。

画舫轻扬马达声，万禽哄起蔽空鸣。
独怜群鹜[1]游如故，撅尾昂头乐不惊。

〔注〕①鹜，野鸭也。

贺兰山色明如画，西夏王陵落日闲。
今日旅游名胜地，昔年征战几人还？

上海朱家角古镇杂咏二绝

二〇〇一年

古镇位于青浦区，沿河九条长街，千栋明清建筑。三十六座古桥，使古镇连成一体。居民古弄灰瓦白墙，古朴典雅，不愧为上海威尼斯。

珠溪河上荡轻舟，两岸人家傍水幽。
楼上居民楼下店，飞檐翘角古风稠。

朱家角里市声欢，漕港东西百业繁。
三十六桥连古镇，小桥流水冠江南。

题康维纲教授《牡丹图》

不愧人间第一香，当年敢忤则天皇。
何期远谪嵩山下，千载声名重洛阳。

〔注〕相传武则天冬日欲游上苑，书诏诗一首云：『明朝游上苑，火速报春知。花须连夜发，莫待晓风吹。』百花齐放，唯独牡丹不开，被谪至洛阳。

游木渎古镇严家花园二绝

二〇〇四年

苏州木渎古镇传为吴王夫差歌舞之地，今成为以严家花园为主的游览区。

昔日吴王歌舞地，至今犹说浣纱人。
馆娃宫苑知何处？唯见严园花木春。

亭台阁榭匠心玄，更有儒风画外传。
一自乾隆游治后，吴江风月属斯园。

太湖长沙岛凤凰台

台上可望瘦石矶、烟雨亭、阅波桥、数帆台诸景。

群峰簇拥凤凰台，瘦石矶头眼界开。
烟雨一湖春水阔，阅波桥外数帆来。

悼念老友汪稚青二绝

二〇〇五年

阴雨潇潇惊噩耗，吟坛又失一诗人。

〔注〕汪稚青原为芜湖诗

词学会顾问，《滴翠诗从》编辑，著有《晚霞韵语》一卷。

英灵蹀躞今何往？风咽江寒欲暮春。
廿年酬唱忝知音，今日谁堪竟折琴？
幸有遗编存几案，时敲《韵语》慰诗心。

游上海大观园志感二绝

二〇〇六年

淀山湖畔草芊芊，怡院潇湘卧紫烟。
倚杖大观楼怅望，人间好梦总难圆。

红楼儿女演兴衰，辜负曹公旷世才。
苦口婆心谁省得？名缰利锁总难开。

春日偶成二绝

二〇〇七年

流光白发苦相欺，子夜忧思不自持。
一事无成空老去，敢将得失怨天时？

时下颓风岂忍看？人谁有发不冲冠？
神州歌舞升平久，欲乐还忧梦未安。

游浙江桐乡县乌镇三绝

二〇一一年

乌镇位于京杭大运河之滨，为我国江南水乡名镇之一。该镇景区分为东西两河区，西河区原名乌墩，现名西栅；东河区原名青墩，现名东栅。惜乎时间仓促，只作西栅半日游。

胜日寻芳到越嘉，乌墩一路探春华。
小桥流水千家韵，泽国风情此独奢。

小船缓缓逐溪行，两岸绵延水阁①明。
百锦含窗迎日暖，牡丹红映碧波清。

春风送暖草如茵，道道桥通曲水滨。
半日行游谁忍别？乌青好景正留人。

〔注〕①水阁：家家在临河屋后，立木（石）柱于河上，架梁铺板，遂成河上阁楼。

偶成二首

二〇一三年

九十犹矜志未衰，连营号角仍萦怀。

会须鼓足当年勇，海上烽烟正袭来。
钓岛黄岩浊浪腾，日菲寻衅警钟鸣。
不忘威海当年耻，[1]岂许龙湾[2]敌舰横？

暮　春

二〇一四年

芳郊绿遍行人少，小径红稀燕自闲。
岁月如流春欲尽，东风无力任花残。

题赠芜湖市盲人学校

二〇一五年

清水河边一片霞，欣看盲校展芳华。

〔注〕①清光绪二十一年（一八九五），中日黄海之战中，我北洋舰队被围歼于威海卫。日迫清廷签《马关条约》，割台湾索赔款。

②龙湾位于江苏长江岸边，为岳飞围歼金兀术水军之地。

春晖晔晔江南岸，广送光明暖万家。

闲吟池州杏花村三首

风和日暖漫寻春，到得池州景可扪。
为问闲吟何处好，无人不道杏花村。

一从杜牧赋《清明》，秋浦荒村百媚生。
代有骚人吟不绝，诗村杏酒古今名。

红肥十里杏花稠，酒旆吟旗韵独悠。
可笑汾阳强作嫁，杜诗长许是池州。

〔注〕山西汾阳酒厂将杏花村名嫁接过去，以宣传汾酒。

卷四　七言律（上）

临河集书声

一九四六年

一九四六年二月，安徽学院由古碑冲迁合肥，将李鸿章之兄李翰章之粮仓改作校舍。六月内战又起，人心惶惶，不可终日。

临河集上李家仓，草草重修作学堂。一水清围黉舍外，
数枫疏立皖河阳。书声起伏偏怜月，国步艰难正阋墙。
战后人心思统一，哪堪烽火裂神疆！

菱湖吟

一九四八年

一九四六年八月，余转学至安庆安徽大学法律系就读。期

间，内战烽火日炽，反战之声日高。不少同学潜入解放区，余亦于一九四八年冬离校。

百亩菱湖景色清，时闻学子放悲声。人心渴望安家国，
民贼阴谋黩甲兵。西顾陕甘烽火急，北瞻燕鲁战云横。
宁为革命轻生死，热血男儿正请缨。

从戎途中

一九四九年

一九四九年一月，余入伍华东野战军先遣纵队七支队，时同行者有桐城青年学生五十六人，乘车由桐城至合肥，歌声一路。

东风万里又回春，野甸行看草色匀。白雪形消关塞净，
红梅笑展楚天新。从戎不让班都护，击楫当师祖将军。

百侣心扬迎旭日，歌声一路挟飞轮。

游合肥明教寺

一九六三年

东风拂槛快登临，满眼花光焕古城。屋上泉清司马井，松间阁雅晋王亭。空闻宝殿传钟鼓，无复高台教弩声。极目江淮春浩荡，而今已罢魏吴争。

〔注〕明教寺传为曹操点将台，有屋上井，泉清可掬，为晋中军司马所建。寺始建于唐，太平天国晋王重修，建有荫松亭。

登赭山望长江

江外重山逼岸青，多方烂漫我登临。滔滔一堑分南北，兀兀双梁[1]峙古今。俯仰乾坤千里目，关怀家国百年心。风帆上下浮春水，莽莽神州万象钦。

〔注〕①双梁：指东西梁山，即古天门山也。

登安庆振风塔

一九六四年

浪涌千帆绕白鸥，云开日上我登楼。一城事业依眉举，
千里河山极目收。浩浩襟湖连楚越，悠悠带水系神州。
狂涛日夜缘东去，塔影横江柱断流。

游合肥包公祠

汩汩淝河拥享堂，龙图凛冽胜秋霜。危言梗论凌朝野，
铁面丹心誉帝乡。纵使人臣能决狱，何如鬼蜮肆猖狂。
而今六亿皆尧舜，日照风荷处处香。

回乡

一九六八年

依稀面目故园迁，一别匆匆二十年。大壑深山成水库，荒岗野岭筑梯田。阴阴宅树千家院，袅袅晨炊万户烟。争道游乡批斗急，龙眠风雨正连天。

〔注〕时携儿女回乡避武斗。

芜湖春

一九六九年

易老人生不老天，东风岁岁绿河川。莺飞柳拂千重岸，汐涌潮乘万里船。百鸟鸣春争绝响，群芳斗艳逞新妍。烟花三月撩人恼，独枕棚茅听雨眠。

〔注〕时被批，住牛棚，故云枕棚茅也。

越南胡志明主席逝世

一旅雄师振海滨，抗争独有越南频。风云叱咤三千里，
战火连番五十春。强虏几经谈笑灭，英名长使虎狼傧。
遗书犹示平戎策，至死依然不帝秦。

山北中秋

山北人家伴竹松，群峰环拥一溪东。筠林接岭连天碧，
菽陇依河绕壑葱。千里乡心妻子意，一杯浊酒社员风。
无眠静对中秋月，独立临风听夜蛩。

〔注〕芬妻率子女下放广德山北公社，前往探望。

南京长江大桥

飞来天外彩虹娇，万里长江又一桥。钟阜龙蟠横莽莽，石城虎踞锁滔滔。钢驹铁马云中渡，百橹千帆脚下飘。此日凭高更纵目，南都不复认前朝。

春节全家团聚兼喜英女成婚

一九七〇年

爆竹声声春意酣，三杯浊酒庆团圞。一家四地分离久，万水千山欲聚难。且喜小园风霁雪，更欣佳日凤俦鸾。但期四地人长健，秋菊黄时得再圆。

〔注〕时妻儿上山下乡，一家四地，久隔重山，才欣一聚。

误诊

一九七二年

余患胰腺炎，被误诊为胃溃疡，因循十载，经剖腹探查，始得确诊。时值余被『文革』无端批审宣布结束，感以纪之。

胰腺炎何作胃疡？十年误诊费思量。若非剖腹明真伪，
哪得从头论短长。莫道岐黄无妙术，信知时事半诪张。
且欣此日云开处，几树榴花向晚芳。

〔注〕诪张即欺诳也。

秋日感事

一九七五年

风高故国菊花明，芦白枫丹望远津。有意江流从不返，

〔注〕时『四人帮』在全

无情事物又翻新。寒云骤掩千峰暗，腥雨横倾九派分。
寄语推波掀浪手，怒潮常覆弄潮人。

邓小平同志复职

一九七八年

当年逐鹿骋中原，刘邓军威万口传。履险犯难驱百战，
犁庭扫穴踏三山。艰辛创业披肝胆，旷达由人论谪迁。
威信频增三起落，人心向背辩愚贤。

国庆观烟火

礼炮生花灿夜空，缤纷万象景无穷。忽吹星雨疑飞雪，
更泻银河化落虹。绿柳低垂惊彩蝶，黄花怒放舞金风。

国掀起『反击右倾翻案风』。

满城欢笑随烟火，劫后神州乐尽同。

赭园观菊

名园咫尺久相违，今昔荣枯梦里知。四鸥能言千鸟绝，
一蒿独秀百花稀。年前十月惊雷雨，宇内三番扫魅魑。
劫后黄花香更烈，临风怒放万千枝。

中秋后六日兰轩妹归新疆送别

浩浩平沙瀚海烟，霜风吹冷碧云天。无情大漠埋夫婿，
忍听娇儿唤阿爹。才喜生逢能聚首，哪堪远别独扬鞭。
漫嗟渐缺中秋月，乐叙天伦定有年。

〔注〕『文革』中，妹夫仉渐强中流弹逝世，兰轩妹远在边疆，抚四孤，艰难备至。

送陈闻桐表弟回东北

犹记当年惜别心，如今重见二毛侵。方欣共举传杯手，
又怅分离揾泪襟。千里云鹏来意远，一江秋水寄情深，
飞车直上淮南路，北雁来时望好音。

读《天安门诗钞》二律

一九七九年

三载哀思尚未消，又噙泪眼读《诗钞》。悲歌痛洒龙年雨，
悼念花翻巳月潮。道道诛文征鬼蜮，腔腔热血慰英豪。
天安门下诗如海，鼎沸神州卷怒涛。

〔注〕《诗钞》系一九七六年四月五日，首都群众用诗文怀念周恩来总理，讨伐「四人帮」之诗集。

云消日出楚天高，北望雄门胆气豪。四月新风开禹甸，十年旧梦觉春潮。是非自有人心辨，黑白焉容鬼蜮淆。滴沥诗文皆血泪，如今和酒酹滔滔。

全省数学竞赛勤儿获选诗以勉之

百鸟争鸣报好音，小园又放一枝春。风吹野草连天碧，雨绽琼花映日新。岂望蓬门生玉树，但期科技利生民。英才自古原无种，学有精深在奋勤。

次吴良善《春日遣兴》韵

千花竞发楚江天，红紫芳菲胜昔年。两镜湖光人欲醉，一墩烟雨鸟争喧。征鸿旅旅凌霄汉，飞絮纤纤逐巨川。书院小楼春意足，诗人兴会溢词笺。

〔注〕吴良善为文物商店经理，店在烟雨墩图书馆内。

渡江三十周年

自从戎马渡江东，风雨据鞍三十冬。巨浪惊心回大梦，行云过眼愧征鸿。豪情未逐流光逝，见识翻随阅历丰。老去幸无三矢恨，犹存热血一腔红。

〔注〕廉颇一饭三矢，言其衰也。矢同屎。

泽霖同志右派获甄别席上口占

山重水复世途辛，勇往无前自有村。过得艰难巴蜀道，
便临烂漫锦官春。东风送暖花千树，细雨浸心酒一樽。
了却廿年华盖运，浮生哀乐莫重论。

即事

山下人家护铁篱，刘昆已老倦闻鸡。琼楼酣饮宵尤烈，
扑克喧呼旦未稀。可叹明公营广厦，不庇寒士荫诸姨。
优良传统今何在？谁续『吾庐独破』诗？

〔注〕杜甫《茅屋为秋风所破歌》：『安得广厦千万间？大庇天下寒士俱欢颜。……吾庐独破受冻死亦足』。

秋夜不眠

凉雨敲窗独夜灯，芭蕉瑟瑟作秋声。风窗自响开还合，
乡梦难圆卧复兴。岂畏人言淆黑白，信知世事有红青。
从来直道难随俗，不悔平生耿介名。

闻刘少奇平反

一九八〇年

东风万里又回春，信史重书董笔清。一纪[1]沉冤终获雪，
十年凶梦应全醒。忠奸若许当时辨，真伪何须此日评？
自有人心存向背，是非泾渭总分明。

〔注〕①一纪：一纪为十二年。

酬福华兄赠诗茶及近影

阳春三月更思君，一纸音书抵万金。七字新声传远意，
半帧清影慰离襟。临窗细品山茶味，倚槛遥怜伯仲心。
但愿与君同健旺，赭山长共祝山嵚。

〔注〕福华兄住东至之祝山，我住芜湖之赭山。嵚，山之高峻貌。

病起曝日

一九八一年

新年病起怯寒添，倚杖扶儿曝日边。晒背几将头近膝，
温胸总把面朝天。避阴就暖频移榻，展足舒心浑欲眠。
惆怅浮云间蔽日，不教余热到人前。

游颐和园

傍花随柳访名园，挈侣同登万寿山。百里晴岚收眼底，
一湖秋水落峰前。回廊曲榭通幽境，高阁重楼入远天。
禁苑游人谁记取，当年几纵虎狼烟？

六十感怀三首

一九八二年

龙眠烟雨镜湖风，六十年华一瞬中。曾记放歌收冀北，
也随戎马渡江东。河山入眼花千里，湖海当胸浪万重。
极目神州春烂漫，惊心老病已龙钟。
我惭祖逖著先鞭，风雨频频忆昔年。择路随人分左右，

观花向日判媸妍。少时未觉风波险，老大方知世事艰。徒倚晚霞歌一曲，哪堪书剑两依然！

阅尽沧桑老病身，惯看岁月演枯荣。常歌枫叶经霜赤，更爱寒梅傲雪清。心底无求唯旷达，诗余有兴且和鸣。东风万里江南路，花甲重开春又生。

报载劳模被殴感赋

出林秀木惹风欺，立地高行众亦非。萧远遗言何足训，劳模受侮实堪悲。世风摇落红羊劫，民意流连创业时。古国文明宜有继，神州已动复兴鼙。

〔注〕三国时人李萧远有言：「出林秀木，风必摧之；立地高行，众亦非之」。今已异昔，奈何言之犹中，悲夫！

宿合肥稻香楼宾馆

壬戌之秋，宿稻香楼，会议之余闲步林际，喜绿水环山，松荫四合，南楼北榭，东圃西园，别有幽情，绝无尘响。

一泓碧水绕蓬莱，应是瑶台紫府开。风静松闲人度鹤，
林深路转阁连台。登楼喜有联诗兴，裕国惭无济世才。
北榭南园四望合，花香徐逐稻香来。

黄山玉屏楼望天都、莲花、莲蕊三峰

一九八三年

玉屏一上自神怡，顿觉凌虚倚斗箕。万壑争流归海急，

三峰竞拔插天齐。霞栖雾宿迷幽胜，岭走峦趋拜险奇。
四顾春风苏百峡，清诗浑欲满山题。

采石蛾眉亭怀古

蛾眉秀出东西梁，翠黛依然锁大江。过眼兴亡谁记取？
流香翰墨世难忘。袁宏咏史偏逢谢，李白吟诗却遇杨。
自古穷通无定矩，临波怅望楚天长。

读《历史自学成才故事》有感

囊萤映雪赞前贤，自古成才岂偶然。学就在勤荒在戏，
功亏由满益由谦。父兄余荫终难恃，事业雄图应自专。

莫待白头悲老大，寸阴须惜重华年。

题房章汉《松竹斋诗存》

小园爱种岁寒材，四季扶疏足遣怀。松挺龙姿横雪霁，竹摇凤影伴梅开。春临锦放诗千首，秋入篱倾酒百怀。烟雨江南吟不尽，镜湖风月任君裁。

离休未许

朝是青丝暮白头，此生心志几曾酬！晴霞不失桑榆晚，公事终应老病休。彭泽有田归未许，镜湖无浪钓难收。春阳一缕临深壑，天意犹怜寸草幽。

清明祭扫祖坟

一九八四年

倚杖当车上昆冲，东风袅袅拂行尘。登山拾级缘岩径，撮土诛茅祭祖坟。千里乡心寻梦远，卅年人海看潮频。松青柏翠犹依旧，应笑沧桑老病身。

〔注〕昆冲为列祖墓地山名。

扫双亲墓

一九七五年还乡就医，双亲犹健在。临别挥泪送至桥头。不意一九七七年双亲病故，余以病未能奔丧。

尚忆桥头送我行，谁知此别竟仙尘！频揩泪眼情如昨，怅望坟头草已茵。十载归来余一恸，九原何处觅双亲。
莱衣卧雪今无补，绕树乌啼不忍闻。

回乡

千里归来百事鲜，闲行处处话丰年。社员犹笑呼隆活①，
父老咸歌责任田。事牧事渔人自主，宜粮宜副户当权。
三中政策舒民意，寨寨村村乐舜天。

〔注〕①呼隆活：人称集体出工之农活为「呼隆活」。

望龙眠山

紫来桥①上望龙眠，近岭苍苍远岭烟。大壑回环迷宿雾，
清溪屈曲涌流泉。忽惊墨骤疑将雨，顿觉峰腾欲上天。

〔注〕①紫来桥：紫来桥在桐城市区东北角龙眠河上。

料是蛰龙今已醒，云蒸霞蔚护桑田。

登苏州虎丘

一塔冲天峙虎丘，云岩风壑啸春秋。夫差歌舞终丧国，
勾践卧薪竟雪仇。过眼兴亡千古事，关心成败百年谋。
登临纵望开新局，鲁剑犹堪试石头。

瞻仰新四军军部旧址

千峰万壑走泾漳，云岭军威曾远扬。一炬燎原苏楚越，
三年浴血射天狼。哪堪萁豆相煎急！忍教仇雠肆虐狂。
千古丹心昭日月，茂林山水永飘香。

谒岳飞墓

老柏森森拱岳坟，西湖俎豆永飘馨。忠悬日月千秋颂。
祸累河山半壁沦。百代冤奇三字狱，十年国误一帮人。
心香不息风波恨，今古同悲有佞臣。

登六和塔

一塔凌空俯下杭，暄暄朝日照钱塘。苍茫树色连云色，
浅淡山光接水光。万里归帆来海外，几番游旅下庐阳。
登高不作秋声赋，伫看新潮涌浙江。

游严子陵钓台

揽胜寻幽上富阳，聊兴昔日子陵狂。一川白水浮天阔，
万叠晴峦入野苍。设钓自宜杨柳岸，观鱼还数富春江。
鹳山风月添游兴，更挹矶头玉桂香。

游无锡蠡园

四季亭开景物殊，醉黄时节我来初。柳丝风动湖波漪，
塔影帆飞日色舒。阁尚春秋思范迹，人怀忠义仰彭居。
先忧后乐将军志，犹忆庐山万字书。

〔注〕园中有四季亭春曰「益红」，夏曰「滴翠」，秋曰「醉黄」，冬曰「吟白」。园中有春秋阁，传

为范蠡、西施所居。一九五九年，彭德怀元帅在庐山会议后，曾被幽禁于此阁。

次韵上海春申诗社李梦寒陈玉清顾潜光三老《纵游京口》五首

焦　山

焦山飞峙急流中，力挽狂澜砥柱雄。京口波涛吞日月，
海门雷电起蛟龙。华严阁下兴风雅，诗史江南印雪鸿。
文运起衰传盛会，新声一代气如虹。

〔注〕江南诗词学会曾于华严阁召开成立大会。

金　山

登临妙境豁心眸，顿觉江天气象遒。一塔凌空撑汉表，
千帆竞渡认瓜洲。飞楼倚岫云常住，皓月澄波影若流。

风雨鳌山多少事，至今犹自唱吴头。

北固

寄奴曾此踞雄州，壁垒森森敌胆愁。夜雪楼船频北顾，
金戈铁马顺东流。一山名共辛词著，千载帆随墨客游。
地覆天翻诸老健，相将引吭发新讴。

招隐山庄

白云生处有山庄，绿竹青松护短墙。遁世原非贤达愿，
端居且近菊梅香。听鹂直欲留春住，拜石真堪笑米狂。
圣代何劳招隐逸，应须脱颖出椎囊。

咏而归

金焦诸胜一囊收，载兴扬帆出渡头。芦白枫丹萦北固，
珠随玉唱向南州。三吴浪碧连吟浦，八皖山青入韵流。
赋罢长歌情未已，水云无际海天秋。

登繁昌荻港板子矶

矶为解放战争渡江战役第一船登岸之地，矶上有纪念明末名将黄得功之黄公阁、黄公塔等遗迹。

谁驱巨屿扼津关？直控长河万里澜。折戟沉沙余故垒，
征帆去棹拥晴滩。抚今忆昔千军渡，激浊扬清第一船。

倚杖凭临秋水阔，黄公塔上数群山。

酬江兴元、姚曙、方四章赠诗

三君系余初中同班挚友，少年一别，白首重逢，感慨系之。今三君来诗，高吟雅唱，老友情深，爰为之酬。

四十余年别岂堪？相逢共对鬓毛斑。龙眠月白书声远，云路风高雁阵寒。喜有华章分雅韵，惭无佳句报吟坛。为霞莫道桑榆晚，余热犹凝一片丹。

登黄鹤楼

一九八五年

四月，参加武汉全国卫生经济学术年会，取道九江，游庐山三日。

千里西行杖履遒，欲寻黄鹤此登楼。两桥飞架联三镇，九派横生汇一流。故地有情迎楚客，新声无意作吴讴。题诗崔颢今何在？芳草晴川绿满洲。

游武昌东湖公园

东湖面积三十三平方公里，湖心有湖光阁、行吟阁、屈原塑像、落羽桥、听涛轩等景。

帆樯桂棹恣清游，浩渺烟波极望收。十里堤青浮柳色，
一群鸥白逐渔舟。行吟阁峙倚霞晚，落羽桥横引韵流。
赋罢临风问屈子，漫漫求索几时休？

庐山含鄱口

含鄱口外雨初收，万顷烟波锁一楼。激浪扬帆朝五老，
耕云播雾仗犁头。丹霞翠阁钟声远，白鹤青松涧壑幽。
引领桃花源际路，浮岚无计任湮留。

〔注〕『五老』『犁头』皆峰名。

庐山仙人洞

洞中有吕洞宾像，洞外有蟾蜍石、一滴泉、竹林隐寺、梵音泉、访仙亭、天桥等景，因景传奇，附会有趣。

攀崖跨壑访仙乡，佛老流传炙口香。怪石奇峰皆羽化，
断桥隐寺亦文章。路盘绝顶穿云出，风透重襟入腑凉。
一滴泉开甘露涌，满山尽说吕纯阳。

谒青山李白墓

谢朓祠连太白坟，青山环翠拥吟邻。一壶酒供花间醉，

〔注〕李墓自唐代起，即

三炷香招劫后魂。尘世已忘高力士，神州长忆谪仙人。
诗坛大雅雄风在，牛渚江天歌又新。

为谷姓守护，世代相传。「文革」中，马鞍山市一群人前往掘墓，谷村居民群起护卫，乃得免。

赭园问菊

秋风吹放满园芳，闲趁霜晴问菊黄。底事时清偏傲世？
胡为月冷独披香？托根老圃何曾隐！吐蕊凌寒岂是狂！
无意争春邀宠妒，愿盟枫赤作重阳。

谒赭山戴安澜烈士墓

抗日英雄驱虎狼，河山半壁寇氛猖。将军威镇东瓜守，
正气歌传北战场。浴血以身殉社稷，招魂唯酒酹崇岗。

风生赭岭松涛急，流响千秋涌大江。

诸兄弟欢聚席上口占兼简天津云弟

一九八六年

分飞劳燕各西东，一片乡心处处同。卅载沉浮还健在，几番风雨竟重逢。相看争讶头俱白，促膝聊欣耳尚聪。别意千杯倾不尽，遥天犹望未归鸿。

《滴翠诗丛》创刊感赋

无声细雨润芳菲，春满江南绿渐肥。滴翠轩传山谷韵，归来堂唱孝祥词。欣将彤管歌明世，直把豪情寄小诗。楚水吴山吟不尽，风骚雅颂总相宜。

〔注〕滴翠轩在广济寺内，系北宋黄山谷读书处。归去来堂原在镜湖烟

雨墩，乃南宋词人张孝祥读书处。

题《且间斋诗词》（二首选一）

江君兴元擅诗词，长期为中学语文教师，著有《且间斋诗词》清新俊逸，浑然天成。

江郎文重生花笔，才气如云任咤叱。河山尽遣入吟怀，
天籁不时来协律。喜怒哀乐发乎中，风骚雅颂随之出。
纵横笔力健且雄，缀玉联珠诗一帙。

一九八七年

《晚晴》诗刊问世志贺

诗刊系芜湖市离退休教师协会主办。

楚水吴山浴晚晴，欣闻翰苑起新声。归来笔墨情尤切，
老去弦歌韵益清。传道几曾停解惑？育才原不为邀名。
春风桃李长天阔，媚紫娟红雨露凝。

进女留学新加坡送别

负笈南洋自苦辛，风烟万里旅程新。心潮逐浪翻重海，
别绪连云渡远津。去国无忘勤国任，需才更待育才人。
他年学就旋归日，重振江南翰苑春。

〔注〕进女时为安徽机电学院外语讲师。

抗日战争五十周年

八年烽火起芦沟，余恨依稀五十秋。扫荡『三光』痕未灭，

〔注〕时日本国内频频发

屠城卅万愤难收。已容旧敌化新友，应鉴前非警后尤，
遥望东瀛波不静，浮云变幻几时休？

生反华事件。

西游杂咏

一九八七年十月偕老伴张德芬、内兄嫂张德箴、林承容远游川陕，经三峡顺流而归，行程万里，为时一月。

武则天无字碑

高碑没字岂无言，女帝心思不可宣。欲管是非于死后，
何如功德立生前。卑行有口行难掩，美政无碑政自传。
毁誉堪怜人自惹，至今颠倒说坤乾。

骊山烽火台

烽火台荒岁月悠，青松碧草自春秋。余灰漠漠埋周鼎，
斜日依依照阜丘。可叹幽王图一笑，却将烽火戏诸侯。
堪怜文武周公业，从此分崩不复收。

秦皇墓俑

祖龙功过岂无评？千古唯留一墓青。偏信瀛洲能不死，
哪知徐福误长生。秦城万里今犹在，皇祚三传瞬已倾。
极目荒丘横翠黛，空余泥俑寄痴情。

杜甫草堂

凤竹森森拥草堂，浣花溪畔菊初黄。诗宗一代留鸿迹，
声誉千秋著史章。『三吏』愤连『三别』恨，万吟忧及万民疮。
剧怜仕路多坷坎，白首雄心赋八荒。

武侯祠

英雄汉季起纷纷，岂只曹瞒与使君。人物多随流水逝，
声名独有卧龙振。三分天下隆中定，七纵蛮王化外傧。
审势宽严明法度，至今巴蜀沐余熏。

都江堰

堰为秦昭王时，蜀郡守李冰父子所建，深淘滩，低作堰，遇湾截角，逢正抽心，为李冰的治水原则。

玉垒峰前庙祠稠，李公治绩著千秋。截山叠坝离堆在，
作堰淘滩利水流。百里波涛回稼穑，万家欢愉起田畴。
为官得遂元元愿，留饷人间胜帝侯。

凌云山东坡读书楼

锦官山势接嘉州，一日轻车汗漫游。才向草堂辞杜老，
又登苏子读书楼。凌云峰碧唯千树，洗墨池香自万秋。
两赋清风漾皓月，先生意气浩难收。

〔注〕楼前有洗墨池，相传为东坡洗笔处。

山城重庆

万壑千峰逐浪回，松筠苍翠拥山街。大江滚滚缘东去，
嘉水滔滔自北来。楼宇多依山势筑，人家半向石隈开。
周公馆外风光好，扫尽红岩劫后灰。

登重庆枇杷山观夜景

山城坐落于长江、嘉陵江汇合处，两江均架有大桥、夜间山上灯火如珠悬，两桥电灯如玉缀，颇为奇观。枇杷山乃重庆市区最高处。

独向枇杷山上行，雾都今夜月分明。万家灯火浮星海，
两道银河夹渝城。山耸珠悬箕斗动，波摇玉缀鹊桥横。

此身不是蟾宫客，却幸凌霄跻太清。

过瞿塘峡

巨礁自古障夔门，滟滪澜回日月昏。①顿劈天关惊石破，常教铁锁失鲸吞。两山绝峙雄依旧，一水长流浪不翻。今日欣逢平蜀道，瞿塘峡上好垂纶。

〔注〕①滟滪堆在夔门下，巨石扼水，江流湍急，舟人视为畏途。新中国成立后，巨石经人工爆破，险境已除。

②夔门古称天门关，东侧有铁锁关，已失鲸吞之势。

重登黄鹤楼

再寻黄鹤上高台，堂构新成紫阁开。三楚风烟迷望眼，一楼书画畅情怀。才收巴蜀千峰秀，又落江城五月梅，若许延龄二十载，不辞岁岁觅诗来。

别武汉

晓月秋风别武昌，江干隐隐雾茫茫。此来有意寻黄鹤，
归去无心奏绿章。万里行游全宿愿，一生阅历半沧桑。
回头芳草晴川远，唯见群鸥贴浪翔。

卷五　七律（下）

赠台湾族兄明达

一九八八年

明达滞留台湾，一九八七年十二月五日在《华声报》发表《海峡情债》一诗，思念故乡。作二律以应。

谁知一水隔重天，阻断亲情四十年。银汉填桥犹有鹊，海湾横渡岂无船？丁年去国人将老，白发倚闾眼已穿。此日刘郎传别赋，欲偿情债恨缠绵。

春风一例荣南北，两岸枝头尽着花。潮汐已然连陆岛，亲朋无不望舟车。龙眠景色晴方炽，殴岭茶香绿正奢。万里归帆何日至，好凭杯酒话桑麻。

南行杂咏八首

九月偕王为、吴季华二诗翁，应邀参加海南省诗词学会成立大会，经武汉、桂林、湛江，越琼州海峡至海南，往返一万余里，历时二十二日。

珞珈山望武汉大学

珞珈山上喜新晴，疏磬轻烟散翠林。楼阁连云环嶂起，
弦歌叠韵逐风临。宫墙万仞声名重，师道千秋雨露深。
此日重登无限意，频搔皓首倚松吟。

游海口市

夹道椰林枕碧流，满城青翠拥高楼。海风才卷云如墨，
暮雨旋收月似钩。岛上阴晴经息变，域中花木四时稠。
江南已是飘黄叶，此地依然不见秋。

谒海瑞墓

墓在海口市郊滨涯村，『文革』中被毁，有人举海瑞腿骨上街游行。墓现已恢复，有纪念馆。

万里来瞻海瑞坟，滨涯村外柏森森。千秋正气凌朝野，
一曲『罢官』誉古今。忠骨何辜遭浩劫，乡民犹自奉时歆。
庙堂冠盖纷青史，廉正如公不易寻。

谒五公祠

唐李德裕、宋李纲、李光、赵鼎、胡诠均遭奸臣之害，远谪琼州。明代，岛人建祠祀之，现已建成五公祠公园。

一园椰翠掩清幽，五老祠堂峙海陬。万里投荒为逐客，
千秋化雨沐琼州。佞臣渺渺今安在？硬骨铮铮祀未休。
极目天涯云水际，人间正气集斯楼。

〔注〕《中华当代诗词风赋二百家》评曰：「浩然正气。」

海角天涯

昔闻海角是天涯，今到琼州愿已奢。北望中原龙起蛰，
南临大海浪生花。行吟自古多流宦，游侣而今竞驻车。
千载蛮荒成胜地，瑶琴长鼓替悲笳。

〔注〕『海角天涯』四字为明人程哲所题，系经郭沫若考定，传为苏轼所题，误。

如山碧浪拥东风，万里南天一柱雄。巨石森森临翠岸，
轻帆点点接苍穹。天涯原不为天尽，海角何曾是海穷？
多被前人程哲误，惹人遐思想飞鸿。

谒儋县东坡书院

风尘万里谪蛮荒，投老谁堪别帝乡？载酒堂前情恻恻，
望京阁下水茫茫。一场春梦惊流宦，千载文章傲圣王。
书院年年敷教化，至今琼岛沐余香。

〔注〕院中有载酒堂、望京阁等建筑。

东坡桄榔庵

书院附近有桄榔庵遗址，系当地土人为东坡所建之茅屋，久已废圮，现仅存字迹模糊的碑石一方。

斩棘诛茅结数椽，坡仙倚榻耸吟肩。来从士子承风范，
过往黎苗缔好缘。沦落生前频贬谪，声名死后倍扬宣。
小庵虽圮碑铭在，几树桄榔仍自妍。

宁波至普陀舟中

十月偕老伴及内兄嫂经杭州至普陀，为时十日。

渡艇纡浮曲水间，山环碧水水环山。遥看列岛疑相接，
近审群峰却不连。忽见云翻生暮雨，顿惊浪涌拍楼船。
海天佛国知何处？一片阑珊灯火前。

宁波天一阁

阁为明兵部侍郎范钦所建，藏书七万余卷，清代列为全国七大藏书阁之一。新中国成立后重修，设管理机构，藏书八万余卷。

私庋藏书独此园，范钦功绩耀山川。千年孤本欣斯备，万卷遗编赖以传。天阁育人流泽远，春风化雨沐儒寒。尊卑未必分愚智，有益于民便是贤。

一九八九年

登敬亭山太白独坐楼

昭亭山色共云幽，万绿丛中太白楼，叠嶂逶迤争北走，双江屈曲竞东流。仙踪去住高风在，韵事兴衰昔梦稠。
诗禁已开风雅振，何须独坐撩闲愁。

敬亭山吟诗会即兴

欣闻宛句①起吟坛，百里寻歌入古宣。白日双溪怀谢朓，
闲云众鸟忆青莲。先贤余韵流华夏，盛会新声漫楚天。
风雅千秋绵不断，敬亭无愧是诗山。

〔注〕①宛句：指宣城的宛水和句水，泛指宣城。

桐城诗词学会成立志庆

龙眠山水钟灵秀，代有英才炳汗青。正气人间尊左氏①，
文章天下重桐城②。诸公继武承骚绪，雅集行歌颂圣明。

〔注〕①左氏：左光斗，桐城人，明天启中，杨涟

引领乡关传韵事，毛河风月倍多情。

汀棠雅集感赋

十月二日，外地来芜及在芜原渡江老同志三十三人，咸集汀棠公园，欢度国庆，徜徉园际，赏三秋之秀色，举杯共话，忆往昔之峥嵘。感赋二律，以志其胜。

当年投笔慨从戎，策马关山意气雄。百侣扬帆同敌忾，
三春破浪渡江东。征南战北万千里，历雨经风四十冬。
此日汀棠重聚首，相看已是白头翁。

汀棠湖上午风轻，赭岭葱葱郭外横。万朵黄花迎国庆，
千杯美酒话升平。毋云老骥艰前路，犹奋征蹄向晚晴。
极目河山天远大，一江秋水寄深情。

劾魏仲贤，左参与其事，又亲劾魏三十二条斩罪，与涟同被诬陷，死于狱中。

②方苞、刘大櫆、姚鼐为桐城文派「三祖」，有云：「天下之文章，其在桐城乎？」

黄山清凉台

一九九〇年

五月，赴黄山疗养，胜景重游，登清凉台，台以北临太平县，台上可望梦笔生花、猴子观海、仙人下棋诸景。

五月登台夏似秋，清凉世界此无俦。风生翠谷晴疑雨，岫出闲云去复留。妙笔书空缘底事，石猴观海为何愁？太平在眼原非梦，局局仙棋正运筹。

黄山疗养院

琼崖丹壑任留云，轩宇重楼隐碧丛。气淑泉清宜养性，山高月朗足开胸。却愁久病惊寒暑，难得长闲伴竹松。
十日优游劳杖履，满山拾韵入诗筒。

登滕王阁二首

一九九一年

一

登临夏阁俯南州，日照西山鹤岭幽。赣水滔滔缘北去，
抚河汩汩自东流。高低蛱蝶翔三径，今古词宗聚一楼①。
曲罢《春江花月夜》②，始惊身在白云头。

〔注〕①阁中有滕王巨幅《百花百蝶图》和历代江西名人大型壁画。 ②九楼有古戏场，正演奏《春江花月夜》古典乐章。

二

几经兴废起欢愁，高阁当年歌舞稠。楼圮西山悲暮雨①，
堂成南浦汇清流。文因阁著名千古，阁以文传誉九州。
且喜王郎序仍在②，可怜帝子已成丘。

重阳千叟登赭山

赭岭天高菊正黄，老人节里度重阳。登山潮涌三千叟，
遣兴诗吟百十章。灼灼丹枫流俊彩，翩翩白发浴华光。
临风不作秋声赋，小阁东西倚晚芳。

①阁自唐永徽四年（六五三）创建，至一九二九年为军阀唐思寅所毁，共毁于兵燹、火灾、朽圮者达二十八次，至一九八九年第二十九次重建。

②阁中有王勃《秋日登洪府滕王阁饯别序》的大型碑刻。

汀棠浮舟春晓观菊①

望波亭下水如天，一叶舟凌百顷间。渡岛钟声浮晓日，
傍湖龙菊卧汀烟。三千花阵迎佳客，十万农家起乐园。
争道玩鞭风景异②，秋来锦簇比春妍。

〔注〕①汀棠公园为农民集资兴建，为全国第一家农民公园。
②玩鞭春色为芜湖十景之一，与浮舟春晓为汀棠公园两大景观。

七十抒怀二首

一九九二年

一

七十行年不自知，如烟往事梦依稀。几经贫病人犹健，

历尽沧桑情愈痴。身外已抛尘俗累，心头难了脍鲈思。
端居何以为家国，聊赋新词唱小诗。

二

落落人生历旅程，古稀犹自胆轮囷。挥戈欲挽三竿日，
立马遥瞻万里春。未必白头催我老，宜将青眼看时新。
归来不负身心约，得失悲欢共小民。

酬王茂德《读七十抒怀因寄》原韵

夙慕令名悭一面，诗来如睹乐天人。清才久灿龙眠月，
高韵遥添赭岭春。卅载青毡长作客，十年红雨苦吟身。
浮家老去随儿女，且煮雕菰当紫莼。

悼念丁之同志二首

一九九三年

丁之是芜湖诗词学会副会长，历任市卫生局、文化局局长、市委统战部副部长等职。

一

卅年荷戟共安危，八载吟坛赖护持。历劫难忘君济我，论诗长忆友兼师。停云生树情弥远，锡李投桃报已迟。雪凛江寒天欲暮，哪堪跨鹤上辽西！

〔注〕宋玉《招魂赋》："东方不可以托些……十日代出，流金铄石些……北方不可以止些。增冰峨峨，飞雪千里些。"

二

四顾无垠仙路漫，魂兮何处是长安？流金铄石东难托，
飞雪增冰北更寒。旅辔焉如归故室，吟情岂忍谢诗坛。
英灵蹀躞当非远，酹酒临风泪不干。

读徐味《云水轩吟稿》题赠

徐味为安徽诗词学会副会长兼《安徽吟坛》主编。

喜展新词醉里讴，楚江云水思悠悠。一身豪气诗中见，
万种情怀韵外流。老骥不衰千里志，丹心常抱百年忧。
文章未必能医国，唯吐春丝暖九州。

有偿新闻叹

一纸新闻十万元，是非曲直有谁怜？不将喉舌舒民意，
却以贪婪饕报权。塑假为真真亦假，扮妍遮丑丑当妍。
报魂何日重招返，又见公心海内传？

题刘振亚《独臂翁诗存》

一九九四年

『文革』中，刘君遭左祸，劳教中不幸断臂，无以为生，说书度日，落实政策后，为六洲中学教师。

宗翁有泪不轻弹，尝尽人间五味全。面墨形枯伤断臂，

风高露重咽鸣蝉。江湖檀板歌清史，桃李情怀乐晚天。
一卷穷途真性见，几人命达出奇篇？

芬妻六六寿诞志庆

发结同心四十春，相濡以沫度艰辛。崎岖岁月卿怜我，
养育儿孙我负卿。雨歇风消逢盛世，眼青头白乐清贫。
游踪万里人犹健，满目斜阳益自珍。

与诚安二弟登赭山

兄弟相携攀赭岭，凌虚纵目客心欢。江青浪白千帆竞，
菊紫枫丹万里斓。老病频年艰步履，旅魂时梦入乡关。

更期来岁风和日，拄杖同登北峡山。

乡思

一九九五年

浮家老去寄陶塘，步月桥边野草芳。梦里琼山原渺渺，
客中诗思总怆怆。明知赭岭非岐岭，强把他乡作故乡。
脉脉斜晖江渚上，白云西面是吾庄。

回乡留别诸侄

镇南村北杏花红，千里归来一梦中。岐岭有天皆丽日，
故园无处不春风。笑看诸侄经营健，更喜群孙学习聪。
忠厚传家宜有报，毋忘处世在谦恭。

元宵偶成

一九九六年

万点星光落九衢，川流汲汲竞行车。烟花明灭千家院，
火树扶疏两镜湖。玉魄一轮生岭上，清歌十里绕音余。
禅林夜半钟初动，久旅还惊客梦孤。

题韶山毛泽东纪念园

红旗一旅起韶山，指引神州百战艰。万里长征驱腐恶，
八年抗日挽危澜。扬清激浊开新宇，霁月光风缅圣颜。
胜迹满园闻步履，永留思想焕人间。

探石钟山泛舟岩

羊肠蹬道俯临渊，曲曲如虹绝壁悬。足踏危梯心胆裂，
风排浊浪地天旋。攀藤附葛寻岩底，辨路知津许我先。
直欲清宵常泛艇，细听镗鞳效坡仙。

登石钟山怀苏亭

怀苏亭下思悠悠，代有诗人咏不休。槛外长涛收万派，
山间紫气锁重楼。危岩依旧闻镗鞳，小艇犹堪揽翠浮。
胜景名山原寂寞，坡公一记便千秋。

登九江浔阳楼

霞飞江上彩虹浮，公瑾当年驻此州。怀橘陆郎情仍在，
挥戈洪武迹空留。青莲歌咏传千古，白傅琵琶唱万秋。
胜地浔阳多韵事，八方才俊萃斯楼。

惊闻邓小平同志逝世

一九九七年

南国骤惊噩耗传，悲风万里动山川。一生肝胆勤民瘼，
百战功勋著史篇。力挽狂澜平浩劫，心呕改革焕新天。
遥思香岛归来日，不见英容泪雨潸。

〔注〕小平同志曾说，在香港回归时要去看看，惜未能如愿。

〔七一〕子夜观香港回归交接仪式

香江此夕庆回归，火树银花处处辉。新翼帆开张盛典，
英伦日落暗余晖。三军仪仗扬雄武，万国宾朋播远威。
薄海腾欢奇耻雪，更看亚太巨龙飞。

〔注〕交接仪式在新翼会展大厦举行。英港督在离港时曾举行日落告别仪式。

题繁昌刘西霖《知乐斋诗词》

风雨峨溪数十春，吟情咏志不藏真。笔凝气韵文方警，
诗富性灵品自珍。一卷思涛存峻骨，半生磊落作骚人。
马仁山色奎湖柳，遣入新词俱有神。

登南昌八一斜拉大桥

一九九八年

巨琴谁矗赣江心？五十弦翻角徵音。滚滚涛声龙鼓瑟，
铃铃车阵虎鸣金。一桥飞架通南北，万物交流畅粤黔。
烂漫洪都风景异，楚天云白快登临。

生辰书感

一九九九年

七七年间百事经，一天风雨幻阴晴。彤云冉冉千山醉，
绿竹萧萧万户声。冷眼刚肠观世态，浮云沧海悟人生。
归来未敢忘忧国，潮落潮升总系情。

斥北约轰炸南联盟

贝城忽地起烽烟，空袭连宵火烛天。北约无情施暴虐，
南盟有志抗凶顽。不容霸道充公道，岂许人权压主权。
反战涛声腾四海，人间血债必须还。

〔注〕贝城指塞尔维亚共和国首都贝尔格莱德市。

芜湖长江大桥通车志庆

二〇〇〇年

一

长桥十里卧中江，广福洪波顿不扬。自古银河惊险阻，

〔注〕一九五八年芜湖曾

而今天堑变康庄。且看龙马凌空织，无复舟船唤渡忙。
江北江南从此畅，卅年民愿一朝偿。

成立建桥指挥部，筹建大桥未成。芜湖人民四十余年来的建桥梦，如今始圆。

二

万马千军斗志昂，三年六月顶风霜。神工鬼斧扬新技，
铁铸钢浇起巨梁。欣见玉虹横荻岸，浑疑瑶瑟鼓沧浪。
鹊桥漫道填银汉，怎敌群雄锁大江。

〔注〕大桥从开工建设至建成通车，历时三年六个月。

悼念张海鹏

张海鹏为芜湖诗词学会会长，原安徽师范大学校长，历史学家，九月六日病逝。

昨于《虹韵》读君诗，此日谁堪写悼辞！云暗书城天欲暮，
星沉赭岭梦何之？三年词政开新局，廿载交游忝故知。
怅望长江东逝水，一川秋雨咽风悲。

〔注〕《中江虹韵》乃余主编的大桥诗词专辑，曾载张海鹏《芜湖长江大桥建成通车志庆》一诗。

送德箴内兄骨灰回乡安葬泫然有作

德箴兄早年横遭左祸，蹭蹬二十年。平反后，不多年又遭工厂倒闭，工资、医疗费都无着，一生潦倒，郁郁以终。

鸠渚送君叹复悲，一生潦倒有谁知？艰难苦恨终于了，
烟雨乡关返已迟。江水何曾消块垒，家山应可慰莼思。
幽明从此长为别，涕泪临风不自持。

咏韩信

二〇〇二年

当年逐鹿动山河，拥汉兴刘百战多。垓下歌传亡项楚，未央宫舞戮臣戈。功高主震人原忌，鸟尽弓藏事岂讹？可叹淮阴长不省，一生成败付萧何。

咏岳飞

千古奇冤三字狱，长教烈士泪纷纷。山河待复身先死，胡虏犹狂志未伸。世议唯闻诛桧贼，史评谁见逆龙鳞？高宗最惧徽钦返，误国和戎岂一秦？

忆先师吴公步尹

二〇〇三年

步尹先师枞阳人，毕业于北京大学国文科，文学造诣颇深，为胡适、黄季刚、朱光潜所器重，一生从事教育，乃余高中时国文教师。谈经论史，使余终身受益。近先生令侄学智兄来函，为纪念先生逝世周年，命余为文志之。

晓天星月起弦歌，绛帐春风拂煦和。论史谈经滋雨露，
育桃培李护山河。退之师道声名重，夫子宫墙作述多。
六十年来追往事，犹闻謦欬想鸣珂。

小饮九莲塘酒家

六月荷塘别样装，登楼人醉好风光。青莲叶叶浮天碧，
绿酒杯杯入口香。万里关山迷望眼，一川烟水浴斜阳。
韶年作客看看老，直把于湖当故乡。

庆诚弟八十寿辰

一从极乐降人间，兄弟相依八十年。竹马同欢岐岭暖，
诗书共遣晓天寒。曾伤劳燕分飞久，更怅衰颜欲聚难。
今悉杖朝开寿宴，隔江呼酒为君干。

〔注〕岐岭乃吾乡山名。晓天乃皖七临中所在地，曾与诚弟就读于此。

离休二十周年感赋

二〇〇四年

倏忽归来二十秋，微吟浅唱遣欢愁。舒心盛世无饥馁，
触目颓风有隐忧。夕照在天明万里，诗怀如海纳千流。
春临一觉晴窗梦，红满江头绿满洲。

题安弟《流帆吟草》

二〇〇五年

人生去住似流帆，敢向江河争直弯？莫谓年华随逝水，
难忘往事未如烟。诗词歌赋缘情作，得失升沉带笑看。
浅酌高吟抒意气，管他工拙与悲欢。

参观日寇南京大屠杀纪念馆书愤

日寇当年兽性残，屠城卅万惨人寰。军民血染秦淮水，
尸骨堆齐牛首山。弹雨刀风眦欲裂，家仇国恨梦难安。
扶桑余孽魂犹在，应惕重翻海上澜。

庆芜湖诗词学会成立二十周年

二〇〇六年

年年雅集过端阳，把酒联哦百十章。廿载吟旗扬《滴翠》，
千秋风月属陶塘。涪翁点铁传薪火，安国留春焕楚乡。
此日诗坛重聚首，满堂飞韵动双江。

渡江五十八周年书感

二〇〇七年

弹指渡江五八春，峥嵘岁月记犹新。雄师百万摧顽敌，
征路三千启后人。一任青丝成白发，独持清节驻黄昏。
长涛滚滚流如昔，铁马关河入梦频。

重九登赭山

秋高日暖又重阳，菊引松迎上赭冈。目极长河流浩荡，
神随大野浴苍茫。年登八五身犹健，路历三千气益昂。
此日扶筇临绝顶，任裁霞彩入诗囊。

游马仁寺

树隐溪回过石桥，忽闻钟磬出林梢。浮岚滴翠僧岩暖，
飞阁流丹佛殿高。雨住风轻云吐日，鸟鸣泉响客聆韶。
禅堂早课经声起，逐兴何辞杖履劳？

纪念孔子诞辰二五六〇周年

二〇〇九年

夫子栖栖一代奇，泣麟吾道不逢时。生前忍白诸侯眼，
逝后荣尊万世师。忠恕育人流德泽，仁和济世启民思。
『三纲』『八目』溶于社，六合安澜岂用疑？

〔注〕《大学》乃儒家理论经典，总为「三纲」「八目」。三纲者：在明明德，在亲民，在止于至

善；八目者：格物、致知、正心、诚意、修身、齐家、治国、平天下。溶于社：即儒家理论溶入于有中国特色社会主义理论。

雪夜书感

回首当年夜雪时，一腔热血富遐思。人生顺逆谁堪料？
天道温寒孰可知？纵有文章明得失，却无心绪说安危。
清宵雪拥疏梅艳，好助衰翁唱竹枝。

追思云弟

二〇一〇年

我与复云弟于一九四九年先后参军，我于渡江战役后进驻芜湖，云弟经抗美援朝、驻守福建后转业天津，远隔云山，相见殊难。一九九〇年相聚时，俱已垂垂老矣。此后，客居两地，仍是聚少离多。二〇〇九年秋，云弟不幸病逝于天津，从此幽明永隔，思念何之！

少壮轻离老大逢，相看已是白头翁。本期兄弟能常聚，无奈关山阻万重。各在异乡为异客，互怜孤影逐孤鸿。幽明顿隔思何限？涕泪临风听暮蛩。

端午怀屈原

今古崎岖世路迢，人间忠义永昭昭。顷襄失道亲臣佞，屈子沉冤愤诼谣。报国有心遭贬逐，问天无语诉离骚。汨罗重五波犹涌，流入长江作怒涛。

咏周瑜

为中国庐江首届周瑜文化节作。

周郎一炬破曹貅，赤壁威名万古流。谈笑风生江左定，樯橹烟灭幄中筹。世临艰困思豪杰，事到忧危赖善谋。冶父长留英冢在，小乔颜色亦千秋。

二〇一三年

风雨人生九十春六首选一

往事依稀入梦频，沧桑难变性情真。曾悲国破山河碎，也喜云开日月新。廿载翻腾磨意志，卅年改革奉艰辛。

峥嵘岁月惊回首，风雨人生九十春。

离休三十周年抒感

二〇一四年

卅载归闲乐敝庐，神游遗兴有诗书。江河东逝流难返，日月西移岁不居。好是生成吟性散，何妨久与世情疏。春临滴翠晴轩灿，满目风光夕照舒。

悼念江君兴元

二〇一五年

江君系桐城师范高级讲师，余中学同窗，曾两遭文劫，仍弦歌不绝。君居桐城龙河，我寓鸠兹，去年秋通话中，互庆寿超九十，并相约争当百岁翁。今年五月，安弟至芜，携来江君新著

《且闲斋诗集》一卷，且告知江已逝世。书来人逝，悲夫！

崎岖往路费迷思，风雨人生九十奇。鸠渚梅青同剪烛，
龙河月白共联诗。哪堪相约期颐日，何意竟成永诀时。
人逝书来空雨泪，开篇不忍读遗词。

乡情

二〇一六年

余随军渡江进驻芜湖，至今已六十七载，三倍居乡岁月，然思乡之情，愈老愈切，实难忘也。

九十余年百事经，最难忘却是乡情。四围山色连天碧，
万顷禾涛绕郭青。北峡炊烟回梦远，中江旅思逐云横。
此身合向于湖老，渚月松风入袖清

幽居自遣

幽居淡泊好延年，九十余龄齿尚全。剩得豪情犹似酒，
难忘往事未如烟。归来爱嚼诗书味，老去偏亲翰墨缘。
风月镜湖吟不尽，时邀萧叟共流连。

〔注〕镜湖西岸有尺木亭，塑有明末清初芜湖画家、诗人萧云从（字尺木）铜像。亭际绿水环绕，环境清幽。余晚年常于此踞石啸吟，流连忘返。

卷六　词

鹧鸪天·述怀

一九四二年

时余就读于舒城晓天皖第七中学高中部，同学张壁报，诗言志，爱以述怀。

梦骋良图意气雄，江淮自古有英风。存心欲补山河碎，矢志重教禹甸同。

三尺剑，一青骢，旌旗十万伏元凶。笑看兵马收京日，争得神州郁郁葱。

菩萨蛮·登笃山

一九四三年

吾乡笃山孤峰矗立，庙宇香火极盛，是年夏偕友登临，南望大江，抗日烽火正浓，感慨系之。

登临胜地思无极，龙眠缥缈风烟碧。云掩大江愁，神州星火流。

素飧何燕处，不助驱狼虎？起舞听鸡鸣，男儿报国情。

鹊桥仙·南京夫子庙

一九六四年

秦淮烟雨，危楼飞阁，招引游人无数。樽前旧日笑中谈，哪胜似今朝闲步。

千秋韵事，繁华竞逐，流水残阳难住。东风又送好春回，听芳树莺歌如许。

浪淘沙·途经临河集

合肥临河集系一九四六年原安徽学院所在地，时余就读该校法律系。

细雨洒庐阳，麦浪汪洋。一川白水接平冈。指点江山都是画，无限风光。往事忍思量，前路茫茫，凄风苦雨暗湖乡。道上行吟今又是，律转年芳。

桂枝香·清明

一九六六年

花香鸟语，正春满江南，清明时序。桃李迎风斗艳，绿匀红吐，冲涛劈浪千帆去。击长空，鸥旋鹰舞。万林蓬勃，江天寥廓，此心神与。看禹甸，旌旗我举。有七亿工农，逐狼驱虎。人自胸怀世界，纳新吐故。五洲震荡风云聚，驾惊涛，直洗恶腐。九州春发，望中红遍，一身长许。

胡捣练·忆山北

一九六九年

时芬妻率幼子下放广德山北公社，余住干校，长女下放淮北，家中长子、二女、三女自理生活，一家四地。

路遥春永晚霞明，意绪萦回广德。若问梦魂消息，淮北与山北。　　飞车去去来来，载尽人间离别。千里共婵娟月，相慰毋相忆。

鹧鸪天·广德山北至南京道上

松岭云开晓露浓，峰回路转溧阳东。傍山桑陇环南渡，迎水溪田掩句容。　随律令，喜年丰，三秋处处乐融融。飞车直落钟山外，又见长江浪万重。

〔注〕余因治病转道山北至南京，沿途溧阳、南渡、句容，秋收喜悦，不见「文革」批斗景象。但入南京城，则旌旗满市，批斗正般。

水调歌头·我国发射地球卫星成功

一九七〇年

天外传神曲，妙谱《太阳升》。极目长空无际，红色卫星腾。旗海人潮笑浪，激吭弹锄鼓镐，歌舞逐乡城。雷动春风里，宇内共欢声。　怀豪情，立壮志，勇攀登。今日穹苍初探，自力现更生。九百万方领域，七亿炎黄聪智，谁说逊西人？揽月从兹始，鹏背负天青。

忆江南·游太湖二阕

一九八四年

湖上好，风景盖江南。万顷烟波连浪白，云峰四面水中间，指点是三山。

寻胜处，佳绝是鼋头。台阁连云人去住，一湖烟景眼中稠，七十二峰收。

南歌子·海南亚龙湾

一九八八年

沙白连涛碧，龙湾似月牙。浴场开处涌波花。破浪钻身，谁个泳如蛙？　海上鸥飞急，山环绿帐斜。人鸥相伴醉流霞。揽景言情，酬唱兴尤奢。

蝶恋花·桂林芦笛岩

芦笛谁吹声细细，招得游人，个个狂如醉。双柱擎天天欲坠，红绫幔卷千嶂里。　瀑布穿岩垂幕起，帘外云山，远望山城媚。忽听雄狮送客意，始惊洞里乾坤异。

〔注〕双柱擎天、红绫幔、瀑布、帘外云山、遥望山城、石狮送客等，均为洞中景点。

菩萨蛮·徐州怀古

彭城自古咽喉地，龙争虎斗存亡系。垓下楚歌萧，双堆覆蒋朝。　滔滔奎水急，郁郁龙山碧。闲话项争刘，相看霸业休。

玉楼春·迎春

大江滚滚东流去，接取新春长久住。东风连日涌潮来，黄了菜花绿了树。　何妨紧履东风步，走遍人间凄冷处。不分枝暖与枝寒，一样着花承雨露。

渔家傲·桂林阳朔

阳朔山山悬碧帐，清溪十里千帆漾。闲趁轻舟犁碧浪，谁对唱？歌声嘹嘹萦千嶂。　清笛一声回首望，游人兴雅情酣畅。争道漓江山别样，千万象，风光却在群峰上。

西江月·《滴翠诗丛》创刊三周年

松竹纡青凝露，花翻老圃多姿。镜湖风月拥吟旗，分外红娇紫媚。

尺木亭前论赋，留春阁里题诗。三年韵事动江湄，处处风传《滴翠》。

菩萨蛮·别黄山

林梢残挂天都月，桃花仙子无颜色。车逝锁泉桥，山灵应寂寥。

太平行转曲，翻教归思急。分秒计归程，长针更短针。

〔注〕时余在黄山疗养，疗养院坐落桃花溪畔，与桃花峰隔岸相望。锁泉桥与名泉桥并跨溪上，为游

客集散地。

减字木兰花·观菊展

将雏挈妇，里巷相呼观菊去。锦灿灯华，情动江城百万家。

嫣红姹紫，不信春光能胜此。竟日追陪，羡尔凌霜浥露开。

西江月·抒怀

一九九七年

少小曾耽经史，老甘诗仆词婢。梦中往事已迷离，懒说平生素志。

风雨连宵愁永，小舟落漠河湄。横眉冷对忆当时，不悔书生意气。

少年游·咏芜湖新十景

二〇〇〇年

赭塔晴岚

晴岚一抹数峰苍，赭塔耸山阳。舒天阁峻，丛林寺古，倚榭听钟扬。　观岚亭望秋岑丽，山色浴湖光。塔白松青。天高云淡，数点燕低昂。

〔注〕塔始建于宋，赭塔晴岚为芜湖第一风景。

镜湖细柳

千株绿柳万条丝，长系旅人衣。一湖烟雨，半城风月，佳绝是湖堤。　步行街映双湖美，夜岸柳疏围。万盏灯明，星

〔注〕镜湖原名陶塘，位于步行街东侧，为南宋爱

沉湖底，上下景交辉。

赤铸青锋

昔传干将铸芙蓉，今日识遗踪。池中淬剑，山前砥石，千古砺青锋。①　卫公祠圯灵犹在，时雨润年丰。志喜亭新，芙蓉湖丽，赤铸韵无穷。②

国词人张孝祥「捐田百亩，汇而成湖。环种千株绿柳，随风摇曳」。

〔注〕①赤铸山传为春秋时干将莫邪铸剑之地，有淬剑池、砥剑石等遗迹。

②唐代名将李俊曾驻芜平叛，安定一方，后人建李卫公祠以祀之。北宋乾道七年芜湖大旱，县令赴祠祈雨，二日后喜得雨，邑人乃建志喜亭。一九七七年始建为神山公园，掘芙蓉湖，景色更美。

玩鞭春色

黄须微服察军机，悄被叛臣知。遗鞭道左，因教猛士，玩此不能追①。　亭开东郭频兴废，剩有旅人题。风暖云闲，花繁鸟语，岁岁赏春时②。

〔注〕①东晋明帝（明帝人呼为黄须儿）太宁二年，大臣王敦谋叛，帝知之，微服轻骑至芜湖，暗察王敦营垒，被发觉，追捕。帝将七宝马鞭给道旁卖食妪，曰：『后骑来，可以此示。』片刻，追骑至，见鞭珍贵，传玩久之，帝遂得脱。

②玩鞭亭始建于北宋元丰七年，后毁；明代重建，清代再修，又废。一九八四年重建于汀棠公园内，亭高十米，二层，有诸多题咏。

双江塔影

巍巍一塔镇中江，二水汇流长。晨曦夕照，灯光塔影，日夜导归航。双龙夹岸雄思翥，束水有高墙。峻笔凌霄，琼楼映日，流彩共辉煌。

〔注〕中江塔始建于明万历四十六年，工未竣。清康熙八年重建，乃落成。一九八八年重修，形成五层八角风水塔，高三十五米，每层每面有一门，门两面各有一窗，供夜间置灯，导航往来船只。与青弋江两岸防水墙交相辉映，美不胜收。

天门烟浪

双峰毓秀出蛾眉，翠黛锁江奇。天门雨霁，云岩浪激，烟霭笼春堤。横江电缆如龙竞，双塔插天齐。胜日登临。长涛北去，极目楚天低。

西山灵石

西山灵石万千姿，造化足称奇。如猴似燕，如龟似蝠，妙趣惹神驰。①南山古寺闻遐迩，骚客竞留题。我欲乘风，登临丫岭，长啸唤汤韦。②

〔注〕天门山乃东西梁山之统称，因李白《望天门山》一诗而天下闻名。二山隔江对峙，气势磅礴，现又建两座连江电缆塔，高耸入云，更增威势。

〔注〕①西山位于南陵县境，有奇峰六十余座，如丫字、美人、狮子、蝙蝠等峰。还有无数异石，如神龟、犀牛望月、双猫戏叶、燕子呢喃、百猴朝圣

马仁云壁

繁阳绝景马仁山，峭壁斗云湍。阴晴变幻，万千气象，奇异本天然。

马乌相对闻钟磬，古寺越千年。梦里何曾，马人鸣吼，故事已新编。

陶辛水韵

江南烟景水为魂，舴艋出迷津。陶圩宋垦，渠开井字，河网纵横频。

香湖岛上新园美，花木四时春。莲叶田田，浮鸥嬉戏，水韵重陶辛。

等景。

②南山寺传为地藏王金乔觉所建，李白、韦应物、汤显祖均曾游此，留有踪迹。

〔注〕繁昌境内马仁山，旧名马人山，因有巨石为人为马故名。相传一日「石马妖鸣」，邑人甚感不祥，遂凿断马首，改名马仁山。山上有唐代所建马仁、乌霞二寺。

〔注〕芜湖县陶辛圩建于北宋大观二年，为陶渊明后裔率众所筑，按井田式开凿水渠，渠渠相连，幻

若迷宫。圩内新辟有香岛公园。

褐山揽胜

登临褐岭望天门，揽尽楚江春、长桥飞韵，曹姑秀美，十里码头新。　连天舸舰依山竞，烽火古台湮。烟柳千重，风情万种，清咏想尧臣。

〔注〕北宋宣州诗人梅尧臣停舟山下，有诗句云：「岸潮生蓼节，滩浪聚芦根。日脚看看雨，江心渐渐昏。」南宋主战派将领李纲于山巅建立烽火台，以警金兵，遗址仍依稀可辨。

卜算子·《北峡诗词》辑成志感二阕

二〇〇一年

世路本崎岖，更有风和雨。是是非非二十春，岂是儒冠误？

历历忆平生，得失无凭据。检点悲欢入小诗，只把真情诉。

北峡集初成，一卷巴人语。更觉描眉不入时，休问妍和否。
美刺本民情，直笔抒怀愫。但愿天心似我心，铁帚除贪腐。

二〇一五年

虞美人·芬妻逝世周年

桃红李白君西去，旅讯经年误。小园今日又花开，料想乐游人倦应归来。
书台墨楮犹依旧，只见帘垂昼。倚楼孤影不胜寒，更是思君情重泪潸潸。

附录

深于感慨　工于变化

读刘彪先生《北峡诗词》

张应中

刘彪先生，一九二三年生，安徽桐城人。中华诗词学会会员，曾任芜湖诗词学会会刊《滴翠诗丛》主编。刘先生自幼酷爱诗词，十四岁开始学习写作，七十多年来从未间断，诗词是他一生的执着追求，已成为他生命的组成部分。二〇〇一年底出版的《北峡诗词》，收录刘先生一九四二年至二〇〇一年共六十年间的作品，其中诗词六百首，诗论八篇。集中以诗为主，七律尤为突出，诗风刚健清新，浑厚自然。作者富学养，足思力，有才情，洵属高手。下面是我阅读《北峡诗词》的一点体会，不揣浅陋，写出来以便求教于方家。

一、深于感慨

《北峡诗词》题材丰富，其中以反映社会现实和山水记游的作品为多。与一般的纯旅游诗不同，刘先生的山水记游诗同时含有较多的历史感和现实感，人文色彩浓厚。这就形成了刘先生诗词内容上的特点：关心现实，关注民生，有很强的社会责任感。这是他们这一辈人的共同特点。刘先生在《北峡诗词·自序》中说：『余之治诗，向持白居易「文章合为时而著，歌诗合为事而作」之宗旨，主张运用古典诗词之形式，反映时代新生活之内容，情蕴于中。』他的诗词大部分都是为时为事而作的，有很强的现实意义，继承了杜甫、白居易的现实主义传统。为什么刘先生的社会意识突出，责任心重？我想原因在于时代和个人的经历。刘先生年轻时受的是革命的教育，早年参加革命，新中国成立后长期从事社会工作，经历了历史的大风大浪，遭遇坎坷，所以他的人生经验丰富，视野开阔，心系社会，忧国忧民，感慨遂多。如诗中所言『俯仰乾坤千里目，关怀家国百年心』（《登赭山望长江》），『梦回惊八十，忧乐仍关情』（《八十自寿》）。加之勤于思考，善析事理，感慨遂深。下面择取几个方面的内容加以说明。

（一）**历史咏叹。**刘先生的记游诗中有不少是咏历史名胜和历史人物的，可称为咏史诗。写历史又不忘现实，评人物能联系当下，是其咏史诗的特点。请看《谒岳飞墓》：

老柏森森拱岳坟，西湖俎豆永飘馨。忠悬日月千秋颂，祸累河山半壁沦。百代冤奇三字狱，十年国误一帮人。心香不息风波恨，今古同悲有佞臣。

首联描写岳坟的地理环境和千百年来人们的祭祀活动，渲染氛围。中二联，每联前句写岳飞，后句写秦桧等奸臣，交错对比，概括精当。尾联直抒感慨：『今古同悲有佞臣』，岳飞信而见疑，忠而被害，秦桧等人捏造『莫须有』的罪名害人误国，而像秦桧这样的奸臣历朝历代都有，直让人『忠愤气填膺』，悲叹不已。此诗句句写『岳坟』，中二联对仗工稳，结句纵横古今，感慨殊深。又如《武则天无字碑》：

高碑没字岂无言，女帝心思不可宣。欲管是非于死后，何如功德立生前。卑行有口行难掩，美政无碑政自传。毁誉堪怜人自惹，至今颠倒说坤乾。

议论精警，发人深省，诚如方竑先生为《北峡诗词》所作的序中所言，这是『以理见胜』的一例。

（三）现实讽喻。中国的讽喻诗源远流长，《毛诗序》中说：『上以风化下，下以风刺上，主文而谲谏，言之者无罪，闻之者足以戒』，是说《诗经》中的国风有讽喻作用和怨刺作用，不过一般比较委婉而已。刘彪先生曾撰文《浅论讽喻诗的产生和社会作用》，对讽喻诗的历史和社会作用做了一番梳理，他认为：讽喻『兼有讽刺和谏喻两方面的意义。讽刺是直接的，谏喻是委婉的』。刘先生的讽喻诗不多，都是直接讽刺，有《倒爷行》《行贿八阵图》《红楼罪薮覆灭歌》《世风杂咏》诸篇。『美刺本民情，直笔书怀愫』（《卜算子·〈北峡诗词〉辑成志感二阕》），也反映了其耿直的性格。长篇歌行《倒爷行》作于一九八八年，反映了『一从价格行双轨，物价腾如马脱缰』『官倒私倒一窝蜂，争相盘剥吸民血』的社会现实。诗的结尾云：

君不见，双轨价开倒爷生，贪官庇护倒爷横。治贪还须治物价，除恶务尽除其根。除其根，安民心，民心得失系亡存。改革开放待深入，倒爷不倒路难行。

心系民生，识大局，明大义，陈述利害，水到渠成。官商勾结，有时官即是商，以权谋私，是当时客观存在的社会现象。诚如西汉的贾谊所言：『天下之有恶，吏之罪也』（王融《永明十一年策秀才文》）。因是实录，当时具有现实性，现在读来却有了历史感。《世风杂咏》其三云：

公然办事吃当先，一宴谁怜费万圆？建设资金愁不足，未闻吃喝叹无钱！

讽刺了公款吃喝的不良风气。该诗作于一九八九年，二十多年过去了，于今而言仍有一定的现实意义。

（三）人生感慨。祖保泉先生为《北峡诗词》所作的序言中，特别提到刘先生的一些『偶成』诗，包括《偶成》《病中偶成》《春日偶成》《夏日偶成》等，认为：虽曰『偶成』，实乃有感而发，偶然中含有必然的原因，读这些『偶成』诗篇，可以理解作者之心声。比如作于一九五九年的《偶成》：

无愧于心不赧颜，违心一似负心难。谁知真话逢人说，落得烦言入异端。

一九五九年正是『大跃进』期间，浮夸成风，作者生性正直，逢人说真话，不媚上欺下，弄虚作假，因此被视为『异端』，如此结局真出人意料，其中包含着痛苦无奈的人生感慨。其实，他的一些『感事』『即事』诗，跟『偶成』诗一样，也可以听出他的心声，读出他的感慨。只因不宜直说，不愿直说，而常常表现得比较隐曲委婉而已。又如作于一九七五年的《秋日感事》：

风高故国菊花明，芦白枫丹望远津。有意江流从不返，无情事物又翻新。寒云骤掩千峰暗，腥雨横倾九派分。寄语推波掀浪手，怒潮常覆弄潮人。

诗后有注云：『时「四人帮」在全国掀起「反击右倾翻案风」』，这有助于我们理解诗中所感之事、所指之人。撇开具体所指，我们从结句中还能获得更为深广的哲理启示。刘先生常常在诗中自写胸襟，自抒怀抱，他是那种站立在诗中的诗人，而不是隐藏在文字背后的作者，读他的诗，如闻其声，如见其人。《复职四载感赋》《六十感怀》《离休十载感赋》《行年七十五》《八十自寿》等诗，为我们描画出一位经历坎坷，关心国民，不计得失，以诗自娱的长者形象。如《离休十载感赋》其二：

十载消闲半壁书，蓬门偶有客停车。清风淡淡舒襟袖，白发萧萧照镜湖。俊侣日来茶当酒，论诗常见月凌虚。尘缘俗虑浑抛却，忧乐为怀仍故余。

一股潇洒朗健、积极向上的气息扑面而来。

（四）亲情牵挂。刘彪先生本是桐城人，一九四九年一月参军，四月随军渡江，此后长期在芜湖工作，兄弟都分散在异地。『文革』期间，刘先生住『干校』，一家七口，曾分散在四地。对亲人的牵挂、思念，相聚的欢欣，也常见于刘先生笔下。这些诗平平道来，真挚朴素，『润物细无声』，却感人至深。《祝山行》可谓这方面的代表作，这首诗一九九五年获得全国李杜杯诗词大赛佳作奖。宋谋玚评曰：『娓娓而谈，毫无修饰，而真情感人自深，通篇不用典，又不是大白话，而是浅显的仍具活力的书面语言，显得典雅而不迂腐，通俗而不轻浮。这种诗，应该说是又一种意义上的推陈出新』。宋说有理。有大感慨方可作歌行，此诗虽无杜甫《北征》的深广忧愤，其叙亲人久别重逢的情怀，却一样感人肺腑。

二、工于变化

文学创作贵在创新，包括思想内容的创新和艺术形式的创新。旧体诗词的创新首先是思想内容的创新，这是毋庸置疑的。刘彪先生也很注意这方面的问题，他总是从自己的观察感受出发，从亲身的生活体验出发，不亦步亦趋人云亦云，正因为这样，才有自己的独到之处。旧体诗词有相当严格的形式规范，形式上不好说创新，但变化是有的。在掌握了它的规律之后，是可以也应当有变化的。求新求变，人同此心，心同此理。变化之妙存乎一心，所谓由必然王国进入自由王国，即指此。而这种变化非得有悟性，有长久的磨炼功夫不可。以下试从律诗的结尾，律诗的对仗，语典及成语的运用三方面略作说明。

（一）律诗的结尾。排律之外，五七言律诗都是四联，这里的结尾指尾联。刘彪先生律诗的结尾大约有五种方式。一曰顺承。它自然而然，顺势而下，是最常见的结尾方式。如《清洁工》：

残月依天末，寒灯照五更。长街凉似水，落叶殒无声。奉帚除尘道，挥锨铲秽腥。一城梳洗罢，迎取日初升。

首联由残月五更起笔，点出清洁工开始打扫的时间。中二联具体写打扫的地点和工作内容。尾联写红日初升时，打扫完毕，一气流转而下，自然收笔。二曰总结。如上文所引《谒岳飞墓》和《武则天无字碑》的结尾。又如《乍暖还寒日》：

乍暖还寒日，残躯处变难。衣裘既觉重，着夹又嫌单。幻化阴晴里，周旋冷热间。春来初病起，最恼是余寒。

结句『最恼是余寒』是对前面内容的总结。三曰提升。或由自然到人事，或由具体到抽象，或由现象到本质，使诗境更上一层。如《春步镜湖》：

旭日辉双镜，湖光分外明。波心回画舫，叶底啭流莺。芳草侵阶绿，垂杨拂岸青。情随春步远，老至恋时清。

前三联均写镜湖春景，尾联表示对清明时代的眷恋，由自然到人事，很自然地提升了诗的境界。四曰暗示。尾联含有丰富的潜台词，神龙见首不见尾，言有尽而意无穷。如《赴龙虎山车中》：

晓日悬天半，岚光合翠微。路随峰势转，车逐岭云飞。龙虎青山矗，仙都紫气迷。飙轮犹辘辘，心已上巍巍。

前三联写赴龙虎山车中所见，结句写车未至终点，而心已上巍巍山顶，暗示无限风光在后头，引人遐想。五曰逆转。前三联是一层意思，尾联转向反面，造成强烈对比，出人意料，又让人回味无穷。如作于一九六八年的《回乡》：

依稀面目故园迁，一别匆匆二十年。大壑深山成水库，荒岗野岭筑梯田。阴阴宅树千家院，袅袅晨炊万户烟。争道游乡批斗急，龙眠风雨正连天。

前三联写故乡建设的成就，面貌的变迁，尾联逆转，写『文革』期间的阶级斗争风雨连天，大煞风景，倾向性不言自明。

以上五种结尾方式，实质上是思想内容的深入。放在一起看，又给人形式上的变化感，在这里，形式与内容密不可分。

（二）律诗的对仗。律诗的中二联要求对仗，也有的只有一联对仗。对仗要求同一联中的上下句平仄相反，词性相同，能造成相反相成的对称美。规则虽如此，但运用起来却变化万千，古今多有论述。刘彪先生律诗中的对仗也多有变化，有工对，有宽对，有似对非对，有流水对，有借音对，有当句对等。工对要求对偶句在句型、词性、词类上都一致，如《乍暖还寒日》中二联：『衣裘既觉重，着夹又嫌单。幻化阴晴里，周旋冷热间。』律诗既有平仄、韵脚的规范，又有对仗的要求，限制很大，如果每首都要求工对，难免以词害意，所以人们又想了变通的法子，即宽对，在词类上不必完全一致，只要词性相同就可以了，如天文不必对天文，可以对地理。甚至再放开一步，似对非对，半对半不对。刘先生的律诗中的对仗大都属于宽对或半对半不对。《谒岳飞墓》的中二联：『忠悬日月千秋颂，祸累河山半壁沦。百代冤奇三字狱，十年国误一帮人』。『日月』对『河山』，属于天文对地理，『秋』对『壁』，属于季节对物体，『狱』对『人』，属于物对人，但都是名词对名词，是宽对。《武则天无字碑》中的第二联『欲管是非于死后，何如功德立生前」，「欲管」与「何如」，「于」与「立」词性均不一致，该联半对半不对，但语意通畅，仍有对仗的感觉，所以无伤大雅。流水对即上下两句合起来才能成为一个完整的意思，单独一句意义不完整，读起来须一气呵成，很微妙，也很见功夫。「欲管是非于死后，何如功德立生前」即是流水对。又如「若非剖腹明真伪，哪得从头论短长」（《误诊》），又如「不期长作客，唯剩苦吟身」（《回乡期间寿如君招饮兼话别》），「何妨长作客，同是远游人」（《赠刘芹生》），后一联流水对且倒装，故极好。借音对如「绿雪茶香永，清吟韵味奢」（《上敬亭山》），「清」谐音「青」，与「绿」相对。「袁宏咏史偏逢谢，李白吟诗却遇杨」（《采石蛾眉亭怀古》），「袁宏」与「李白」，人名相对，本不必论具体字义，但这里「宏」谐音「红」，却又与「白」颜色相对。句中对也有很多，如「塑假为真真亦假，扮妍遮丑丑当妍」（《有偿新闻叹》）。总之，刘先生律诗的对仗是根据具体情况而变化不定的，显得灵活而丰富。

（三）语典及成语的运用。先说语典。刘先生幼习经史，酷爱诗词，离休后更是潜心诗学，积学以储宝，腹笥遂充实，又能灵活掌握，为己所用。他的诗中，借用、隐括、改作前人诗句的例子比比皆是。「此境只应天上有，人间难得一回逢」（《海南通什市度假村》），借用杜甫「此曲只应天上有，人间能得几回闻」（《赠花卿》）句式。「空闻宝殿传钟鼓，无复高台教弩声」（《游合肥明教寺》），借用李商隐「空闻虎旅传宵柝，无复鸡人报晓筹」（《马嵬》其二）句式。「极目河山天远大，一江秋水寄深情」（《汀棠雅集感赋》），借用黄庭坚「落木千山天远大，澄江一道月分明」（《登快阁》）句式而有变化。「待月迎风独倚门」（《忆旧四绝》）隐括了《西厢记》中的诗句「待月西厢下，迎风户半开」。《步汪稚青〈白头红烛黄昏恋〉元玉二绝》其一云：「七十新娘八十郎，少年情债老来偿。「洞房昨夜停红烛」，又唱关雎第一章。」「洞房昨夜停红烛」系引用唐诗人朱庆余《近试上张水部》诗中原句。「又唱关雎第一章」，则隐括了《诗经·关雎》第一章内容：「关关雎鸠，在河之洲。窈窕淑女，君子好逑。」「白日双溪怀谢朓，闲云众鸟忆青莲」（《敬亭山吟诗会即兴》），前一句隐括谢朓诗句「上干蔽白日，下属带回溪」（《敬亭山诗》），后一句隐括李白诗句「众鸟高飞尽，孤云独去闲」（《独坐敬亭山》）。「蝉声从此信高洁，不唱风高露重诗」（《赠女诗人徐守淙步柳北野韵》），「风高露重」，隐括骆宾王诗句「露重飞难进，风多响易沉」（《在狱咏蝉并序》）。「设钓自宜杨柳岸，观鱼还数富春江」（《游严子陵钓台》），后一句则改写了毛泽东的「观鱼胜过富春江」（《七律·和柳亚子先生》）之诗句。如此等等，不一而足。再说成语的运用。成语简洁精辟，运用恰当可起到以少总多的作用。刘彪先生常常缩写成语，既合律，又不损原意，娴熟自如。如「武陵村在桃园外，天上人间若即离」（《游瑶琳仙境》），「若即离」是成语「若即若离」的缩写。『以爱以憎行我素，唯真唯美发心声』（《题〈晚霞韵语〉》），『行我素』是成语『我行我素』的缩写。『百侣扬帆同敌忾，三春破浪渡江东』（《汀棠雅集感赋》），『同敌忾』是成语『同仇敌忾』的缩写。『夙慕令名悭一面，诗来如睹乐天人』（《酬王茂德〈读七十抒怀因寄〉原韵》），『悭一面』是成语『缘悭一面』的缩写。而『翰墨缘深悭一面，连宵清梦入桃源』（《简黟县桃花源诗词笔会》），『缘深悭一面』又是『缘悭一面』的扩写。

总之，诗多感慨，笔墨富于变化，是我阅读《北峡诗词》的最大体会。刘先生的诗观与诗思，精神与气度，都值得我们品味，学习。

二〇一一年二月十五日